アイリス

Iris

雛倉さりえ

Sarie Hinakura

東京創元社

目次

Iris

by

Sarie Hinakura

2023

アイリス

第一部　虹彩

第一部　虹　彩

ふるい水のにおいがする。

泥と植物、水棲《すいせい》動物の死骸。堆積《たいせき》した腐植土《ふしょくど》。何百もの香りが幾層《いくそう》にもかさなって、淡い毒のように空気を染めている。うす暗い沼地のにおい。甘く芳醇《ほうじゅん》な、死のにおい。

湿原は、明けがたとも夕暮れともつかない、蜜《みつ》にも似たひかりにみちていた。そそりたつ植物のあいだを、乳色の靄《もや》がヴェール状にもつれて流れてゆく。

よどんだ沼で、僕は一艘《そう》のボートに乗っている。つやのない水面を見おろすと、いびつなホテイアオイや、うす汚れた水鳥の羽毛《うもう》、折れた葦《あし》の茎《くき》が散乱していた。僕は古びた櫂《かい》を持ち上げて、水のなかへさしいれる。とたんに藻類《そうるい》が、ねっとりと重たく隙間《すきま》なく絡《から》みついてきて、すべての自由を奪われる。どれだけ力をいれても櫂は動かず、ボートは微動だにしない。

腹の底がつめたくなる。

僕はもう、この沼から出られないのだろうか。

どこまでも広がる湿地帯。水と土の緩衝《かんしょう》地帯。岸にあがることも、水底にしずむこともゆるされず、この泥濘《でいねい》の庭で、永遠にたゆたいつづけなければならないのだろうか。

生臭い腐臭が、靄の底をながれてゆく。厚くかさなったあおみどろを櫂で裂《さ》きながら、顔をあげた僕は息を飲んだ。

暗い沼地に一点、あざやかな青藍《せいらん》色が灯っている。

花菖蒲。

まなざしが吸われる。

美しいはなびらを汚《けが》すことなく、沼地を掌《つかさど》り、沼地に君臨するもの。とおい過去から、僕をみつめる蒼《あお》い虹彩。

ボートに乗ったまま、僕は青と見つめあう。夜が明け、この夢から覚めたとしても、僕たちはきっと、永遠に見つめあっている。


約束の場所に着いたときには、雨は上がっていた。

歩道橋のほぼ真ん中で、ゆるく足を交差させ両腕を欄干《らんかん》にのせた格好で、浮遊子《ふゆこ》は宙をみていた。風のかたちをなぞるようになびくロングスカート。夕暮れの灰色の陽ざしを浴びて、粘《ねば》っこくかがやく黒髪。なめらかな白い石を、いきおいに任せて荒々しく、けれど的確に彫《ほ》りこんで創《つく》ったような横顔。

いびつな額縁《がくぶち》のようだと思う。ただそこに在《あ》るだけで、景色を作品へ強引につくりかえてしまう存在。行きかう人々は皆、彼女と彼女のつくりだす空気に、さまざまな種類のまなざしを向けてゆく。通りすがりに花をささげるように。もしくは、石を投げるように。

「浮遊子」

呼びかけると、彼女の瞳がすばやく僕をとらえた。色つきのコンタクトレンズをつけているのか、虹彩は淡く紫がかっている。まつ毛の森にふちどられた、極微《きょくび》の円《まる》い沼。ヒールを履《は》いているせいで、僕よりも身長が高い。見下ろす視線に呑《の》まれる前に、言葉をつづける。

「ごめん。電車で寝過ごして。大学の課題が終わらなくて、寝不足だったから」

「課題だって」

浮遊子は、笑みをふくんだ声で言った。

「なんだか普通の学生みたいだよ、お兄ちゃん」

「その呼び方はやめろって」

浮遊子は声をたててすこし笑い、それから、つまらなそうに僕を見た。

「瞳介《とうすけ》。本当に仕事、やめちゃったの？」

「うん」

「映画だけじゃなくて、ブランドモデルとか、舞台とか、ぜんぶ？」

「うん」

「どうして？　もったいないよ。ファンの人たちも、きっと不思議がってる」

喋る浮遊子の頸の腺から、濃いにおいが縺《もつ》れながら漂《ただよ》ってくる。香水と汗がまざった体臭。不快なほど甘い、饐《す》えた臭いの微粒子が、宙に分泌されてゆく。独特で、ひどく鼻につくけれど、嗅《か》いでいるうちにしだいに快くなってゆく。

浮遊子が、ふいに明るい声で言った。

「おなかすいたでしょ。中華料理のお店、予約してあるから。月に一回、漆谷《うるしや》さんと通ってるの。

量は少ないけれど、どれもおいしいんだよ」

歩きだした浮遊子の横を、女子高生の集団が行き過ぎる。少女たちは小鳥のようにささやきあいながら、しきりに浮遊子の方を振り返る。「いま見た？」「梨島《なしじま》浮遊子」「ふゆちゃんだ」「やばくない？　本物？」「背、あんなに高いんだ」「やっぱ美人だね」

綺麗。美人。彼女はいつもそう言われてきた。雑踏で。テレビで。雑誌で。インターネットで。毎日。毎秒。言われつづけている。

けれど、美人、というくっきりした言葉の手ざわりと、実際の浮遊子の印象はあまりにずれている、と僕は思う。

多量の不純物を含んでいながら、それゆえに烈《はげ》しく眩《まばゆ》くかがやく鉱石。美、という言葉のりんかくを、だらしなく滲《にじ》ませながら呼吸する生きもの。

それが、僕の浮遊子だった。

とおい昔、僕のいもうとだった、女の子。

かつてたしかにそこにいた、けれど今はもうどこにもいない、ちいさな妹。カメラに囲まれ、書割《かきわり》の世界で生きていた、にせものの兄妹——。

歩道橋の階段を、浮遊子はかろやかに駆《か》け下りてゆく。遠ざかる背中をしばらく眺めてから、僕はゆっくりと、彼女のあとを追いはじめた。

数十分ほど走り、タクシーは六本木《ろっぽんぎ》の黒いビルの前でとまった。僕が財布を取りだす前に、彼女はカードをかざして支払いを済ませる。

「払うよ」

「いいよ。瞳介は学生でしょ」

投げやりに言われ、すこしむっとする。言い返そうと口をひらいたけれど、浮遊子はさっさと建物の中に入っていった。

館内は、夕暮れと見まがうほど昏《くら》かった。空気は温室のように濡《ぬ》れていて、肌にじっとりとまつわりつく。頭上では巨大な蘇鉄《そてつ》の葉が、鈍くひかっていた。大理石でできた水盤で、頭部をいびつに腫《は》らした金魚たちが、浮草《うきくさ》の狭間を泳いでいる。

繁茂《はんも》する大型植物のあいだに、ぽつぽつとテーブルが配置されている。入り組んだ道を辿《たど》って隅《すみ》の席に案内された僕たちは、向かいあわせに腰かけた。

「変わった店だね」

「漆谷さん、こういう仄暗《ほのぐら》い場所が好きだから。それにここ、地下がホテルになっていて

とても便利なの、と浮遊子がつぶやく。

コースで予約していたのか、いくつかの小皿が音もなく目の前に置かれた。透きとおった金色のくらげ。あひるのたまご。鮫《さめ》の煮つけ。

「まだ漆谷さんと会ってるの」

「会ってるよ。だめ?」

「……だめとか、いいとか、言う権利を僕はもってないし、言いたくない」

浮遊子は、煮つけを器用にくずしてゆく。ちいさな濡れたくちびるに、こまぎれにされた食べものがはこばれてゆく。

「大丈夫だよ。ちゃんとやってるから。彼は頭がよくて、計算がとても上手で、わたしは言われたとおりにしているだけでいいの。絶対にだれにもばれない」

次は、つばめの巣のスープだった。器《うつわ》の底に、円くたまっている美しい色の液体。火傷《やけど》しそうに熱くて、ひどく高価なそのたべものを、浮遊子は上手にのみこんでゆく。

彼女はいつでも、どんな種類の贅沢《ぜいたく》でも、きれいに費消《ひしょう》してみせる。すこしの躊躇《ちゅうちょ》も、嫌味もなく、傍《はた》から見ていてきもちいいほどに。そういうふうに、育てられてきた。

「漆谷さんの、どこが好きなの?」

「自分勝手で、ずるいところ。ずるさを隠さないところ。いいところも悪いところも、ぜんぶ並べてわたしに見せてくれるところ」

スプーンを置いた浮遊子が、不服そうに言う。

「さっきからわたしの話ばっかりじゃん。瞳介は最近どうなの? 大学、たのしい? 友だちできた?」

「べつに。普通だけど」

「『アイリス』のこと、訊《き》かれるでしょう」

「訊かれないよ」

僕は言った。

「もう十年も前の作品だし。そんなに古い映画、だれも観てない。僕のことを知ってる人もいない」

「そんなことない」

浮遊子は静かに言う。

「みんな覚えてる。あの作品のことも、瞳介のことも」

美しい幾何学《きかがく》模様が彫りこまれた格子窓のむこうで、ゆっくりと陽が落ちてゆく。

からっぽの皿が下げられ、かわりに湯気をたてている大皿が置かれた。甜麵醬《テンメンジャン》で炒《いた》めた肉。箸《はし》で繊維をおしひらくと、なかから血のまじった脂《あぶら》がながれだす。どこか遠くで水があふれ、ごぶりと鈍い音をたてる。黙って食べ終えたあと、僕は口をひらいた。

「全部おわったんだよ。全部。だれも何も覚えてない。僕たち以外は」

「嘘つかないでよ」

低く鋭く、彼女がささやく。

「おわっただなんて、微塵《みじん》も思ってないくせに」

かっとして、おもわず顔をあげた。うすく紫がかった空気のむこうで、浮遊子は茘枝《ライチ》を食べていた。粒だった果皮をむいて、濡れた透明な肉にかじりつく。歯で撫《な》ぜ、舌でつつんで舐《な》める。怒りは凋《しぼ》み、かわりにつめたい焰《ほのお》に似た嫌悪感と淡い情欲に、さっと心臓を炙《あぶ》られる。最後のひと粒を食べ終えた浮遊子は、ゆびさきを拭《ぬぐ》って立ちあがった。

「おいしかったね、お兄ちゃん。また来よう」

「僕は兄じゃない」

「お兄ちゃんはお兄ちゃんだよ。嘘も駆け引きもなしに、ずっと一緒にいられる。わたしの大事なひと」

便利なひと、だろ。心のなかで言い返す。

カードで支払いを終えた浮遊子が、こちらに振り向いて笑った。

「地下にいこう。お兄ちゃん」


暗闇から僕をみつめる、大人たちの瞳を覚えている。

あの夜は、新鮮な果肉にも似た赤い月が出ていた。遠くの方で、盆踊りの音楽が響く。傍《そば》を駆けぬける少女たちの浴衣《ゆかた》の帯が、尾鰭《おびれ》のようにひらめく。大気に澱《よど》むざわめき。林檎《りんご》飴《あめ》のあまい香り。差し出された名刺の白が、闇に溶けきれず燐光《りんこう》を放っていた。

目をあけると、天井の白いクロスが目に入った。

子どものころに住んでいた部屋は、ベニヤの透かし天井だった。喧騒《けんそう》で眠れない夜は、木目の渦《うず》を視線でなぞっていた。海のそばのアパート。埃《ほこり》っぽい四畳半。腐《くさ》りかけた花束の匂い。

記憶の断片を振り払って起きあがり、シャツを着る。

「浮遊子」

声をかけると、白い山脈が微《かす》かに震えた。シーツの襞《ひだ》のひとつひとつに、高い窓から射す月光が滔々《とうとう》と流れこみ、全体がうすぼんやりと銀色にひかっている。

唐突に、山の中腹を突き破って、透きとおった腕がぬっと生えた。つづけて長い髪が迸《ほとばし》り、黒い濁流《だくりゅう》となって麓《ふもと》にあふれる。山容《さんよう》を音もなく崩《くず》してあらわれた浮遊子は、そのまま肢《あし》まで引き抜いてベッドのふちに腰かけた。

「瞳介、帰るの？」

「うん。明日も授業あるし」

「そんなに必死にならなくてもいいのに」

浮遊子は目を細めた。

「いまさら、ふつうのひとみたいにふるまわなくたって」

「僕はふつうだよ。浮遊子とちがって」

リュックに伸ばしかけた腕へ、細い指がからみつく。耳のすぐ近くで、浮遊子がささやいた。

「怒らないでよ、お兄ちゃん」

「だから、その呼び方は……」

振り返ると、彼女は瞳を溶かしてわらった。

「ねえ、どうしてそんなに嫌がるの？　ただのごっこ遊びなのに」

僕は浮遊子の腕を摑《つか》み、思いきり力をこめて引き寄せ、シーツにおし倒した。そのまま喉元を、指先でぐっとおさえる。セックスの最中、妹がよくねだる行為。

「こういうことも、ぜんぶ遊び？　にせもの？」

「そうだよ。にせもので、ほんもの」

首を絞《し》められながら、彼女は笑う。

「……漆谷さんのことも？」

自棄《やけ》で訊《たず》ねると、浮遊子は口をつぐんで微笑《ほほえ》んだ。僕の指を撫でて、喉から優しく払い落とす。

時計を見ると、零《れい》時半を過ぎるところだった。僕は終電をあきらめ、浮遊子のとなりに横たわった。

iPhoneを弄《いじ》りだした彼女の顔に、青白い光が反射してゆれている。まつげの一本一本にまで光は沁《し》みわたり、その下には湧《わ》きだしたばかりの水のような瞳が、ゆらゆらと円く透きとおっていた。

「最近、寝てる？」

「あんまり。でもだいじょうぶ、仕事はたのしいから」

スマートフォンの光が消えると、ふたたび群青色《ぐんじょう》の闇が室内を浸《ひた》した。浮遊子は目を閉じることなく、ぼんやりと天井を眺めている。青い闇のなか、整った鼻梁《びりょう》の輪郭が、より濃密な闇となって描《えが》きだされる。

静止した横顔があまりに美しくて、ぞっとした。泥《なず》んだ空気に波をたてたくて、僕はわざとのんきな声を出す。

「先週からドラマが始まっただろ。ネットの評判も良いよな。バラエティのときとは別人みたいだって」

「ふうん。別人ね」

彼女は興味がなさそうにあいづちを打って、身じろぎした。

「演技をすることで、みんなわたしがどこか別の世界へとんでいくと思ってる。自分の身体や意識を置き捨てて、美しいところ、特別なほかのところへ」

でもそうじゃない、とつづける。

「わたしの前にも、わたしの後ろにも、わたししかいない。どんな役を演じていてもおなじ。わたしはどこにもとんでなんかいかない。より深く、わたしの奥へもぐりこむだけ。わたしのなかに沈んでゆくだけ」

おぞましいほど澄みわたった瞳が、暗がりの底でまたたく。

「演技をしているとき、自分が作品を創っている最中だとはとても思えないの。むしろ、なにかを延々とこわしつづけてる感じがする。なにかをつくりだすことと、なにかをこわすことが、みんなにはおなじ動作にみえるのかも」

漆谷さんとの関係も、きっとおなじ。

暗闇が、そうささやく。

「瞳介ならわかるでしょう。あの庭で、いっしょに遊んだんだから」

とたんに、呼吸が重くなる。水の音。水のにおい。湿原の記憶が、ゆるやかによびさまされてゆく。しっとりと濡れた、みずみずしい空気。新緑に縫《ぬ》いこまれた花々と、蛇行《だこう》して流れる小川のきらめき。木道をかろやかに駆けてゆくこどもたち。後ろから静かに歩みゆく夫婦。

かつてたしかにあった、けれど今はもうどこにもない世界。永遠にうしなわれているのに、スクリーンのなかで何百、何千、何万回も、残酷に再生されつづける僕たちの時間。

「どんな作品も、『アイリス』には届いていない。届かない」

宙に声を浮かべるように、浮遊子は言う。

まだ言葉をもたないころから、彼女は数えきれないほどたくさんの映像作品に出演してきた。コマーシャル、ドラマ、映画。十七歳にして、すでに俳優として成熟しつつある浮遊子が、今もなお固執する作品。

どうしてそんなに『アイリス』にこだわるのか、いつか訊いたことがある。

――七歳のときの自分の演技を、未《いま》だにこえられない気持ちがわかる？

浮遊子は吐き捨てるように、そう言った。

——あのときのわたしは完璧だった。

——浮遊子はずっと完璧だよ。今この瞬間も。

——ちがう。瞳介には理解できない。他のだれにも。わたしだけがわかる。わたしはわたしを、こえられない。どんなに綺麗になっても、どんなに経験を積んでも、届かないの。漆谷圏《けん》の世界にいた、十年前のわたし自身に。

「無様《ぶざま》だよね。あんなにきれいなハッピーエンドだったのに」

唇をゆがませて、浮遊子がわらう。

きれいなハッピーエンド。そうだ。たしかにあれは、うつくしいストーリーだった。主人公の子どもたちは、設定として与えられた不可視の傷を、およそ二時間かけて丁寧にふさいでゆき、その過程で観客たちの傷口も疑似《ぎじ》的に癒《いや》されてゆく。『アイリス』は、何千何万ものひとびとの瞳から涙をあふれさせ、傷を癒し、幾度も救ってきた。当の子どもたち——僕たちを除いて。

「傷を癒す物語」それ自体が、僕らの傷なのだ。

十年経った今もなお、あざやかな血を垂れ流す新鮮な傷口。

互いの存在は、傷を抉《えぐ》る刃《やいば》でしかない。それでも僕たちは会っている。会いつづけている。傷口をいじって遊ぶように、互いの身体をつかって戯《たわむ》れている。

浮遊子が僕にむかって手を伸ばす。汗ばんだ肌と肌がこすれあい、痛みに似た快楽が皮下をはしる。

——なにかをつくりだすことと、なにかをこわすことが、みんなにはおなじ動作にみえるのかも。

さっきの浮遊子の言葉がよみがえる。僕は目を閉じて、指先で闇を捏《こ》ねまわす。汗と体液がまざりあって、どこへもつづかない闇へ拡《ひろ》がってゆく。


『アイリス』は、漆谷圏監督脚本の二作目の映画作品である。両親を喪《うしな》った兄妹が、湿原で暮らす遠縁の夫妻に引き取られ、疑似家族として結ばれてゆく過程を、独特のカメラワークで描いた。当時八歳で、映画初出演だった茂木瞳介《もてぎ》が「兄」を、すでに子役として経験を積んでいた当時七歳の梨島浮遊子が「妹」を演じた。養父役は俳優の戌井青五《いぬいせいご》、養母役は女優の帆波智子《ほなみともこ》。女優・梨島紀史子《きしこ》の娘である梨島浮遊子の演技や、漆谷節《ぶし》とも呼ばれる特徴的な構図が話題になり、映画は数々の賞を受賞した上、公開規模に対して異例のヒットを記録した。——え、これマジ？

スマートフォンの画面を読み上げていた笹宮倫太郎《ささみやりんたろう》が、顔をあげた。ざわざわと、ノイズのような喧騒が耳につく。金曜日の夜の居酒屋は、大勢の客でごった返していた。外と内を仕切るビニールの透明な壁のむこうでは、細く雨が降っている。

どこかでみたことがある顔だと、誰かが僕に声をかけたのがきっかけだった。前に子役として仕事をしていたと応えると、それを聞きつけた笹宮が検索エンジンに僕の名前を入力したのだ。

身を乗り出してこちらをみつめる笹宮の、期待をやどした瞳がまたたく。いたたまれなくなって頷《うなず》くと、彼はあかるい声で叫んだ。

「すげえ、有名人じゃん。聞いた？　茂木、映画に出たことあるんだって」

とたんに、座卓を囲む男女のまなざしが、端に坐《すわ》る僕に向けられる。

「えっ、何それ。すごいじゃん」

「『アイリス』知ってるよ。こないだサブスクで観た」

「ふゆちゃんと話したことある？　紹介してよ」

「たしかに、よくみたら面影あるかも」

「なんか雰囲気あるよな。あんまり喋んないし、アンニュイっていうか」

「きれい系の顔立ちだよねー」

拡散してゆくもの珍しげな声や浅い笑いを聞いているうちに、ふつふつと怒りが沸《わ》いてきた。

なにも、知らないくせに。

いつだってそうだ。僕たちの苦しみも、傷も痛みも、何もかも。かるがるしく冗談めかして、馬鹿にして。感嘆しているふうを装って、ほんとうはみんな、見世物《みせもの》にして囃《はや》している。

早く話題が変わらないかと息を吐《つ》いたとき、真向かいに坐る金髪の女の子が言った。

「芸能界はもう引退したんですか？」

おおきな瞳が、試すようにこちらをみている。僕は口をひらいた。

「うん。才能がなかったから」

瞬間、場が静まり返る。笹宮が憐《あわ》れみを含んだ視線をよこし、それから「俺、生おかわり。他だれかいる？」と甲高い声を張り上げた。つづいて皆が、一瞬の空白に気づかなかったかのように、明るい笑い声をひびかせはじめる。

もう二度と、この話題が出ることはないだろう。少なくとも、当人の前では。

おまたせしました、と並べられたジョッキに、男女の手が次々のびる。弾《はじ》けるようにはしゃぐかれらの、汗と唾液が宙にとぶ。唐揚げとポテトから滲みだした油が、しなびたキャベツをくってりと湿らせる。テーブルに反射した、麦酒《ビール》の金色のゆらぎだけが美しい。

笹宮の誘いに乗らなければよかった。もう何本目かもわからない煙草《たばこ》に火をつけながら、僕は後悔する。彼は、基礎ゼミでもよく目立っていた。誰に対しても物怖じせず、自分から話しかけてゆく。脱色した髪をジェルでかため、いつも男女混合のグループの中心で笑っている。

ノートの貸し借りをきっかけに、挨拶を交わすようになった。悪い人間ではないのだろうけれど、基礎ゼミの飲み会に来ないかと訊かれて頷いたのはまちがいだった。

目の前で展開される景色を、烟《けむり》の膜越しにぼんやりとながめる。女たちの、グロスでぽってりとふくらんだゼラチン状の唇から分泌される、糸を引くような笑い声。露骨《ろこつ》に欲望を滲ませた男たちのまなざし。両者は宙で混ざり、溶けあって、空間全体をねっとりと熱く綴《と》じていた。

二箱目の煙草に手をかけたとき、笹宮が「そろそろ飲み放題おわりまーす」と声をはりあげた。

「二次会カラオケです！　行くひと手あげて」

「明日、二限からなんだけど。起きられるかな」

「ひとり四千円ねー」

時間と金の無駄だった。僕は心の内でため息を吐《つ》いて、財布から紙幣を取りだした。近づいてきた笹宮に渡し、リュックを背負う。

「ねー、茂木くんだっけ」

振り向くと、数人の女の子たちが立っていた。さっきの金髪の姿もある。

「元子役って、なんかかっこいいね」

「連絡先交換しよー」

「あたしもいいですか」

断ることもできずiPhoneを差し出すと、彼女たちは慣れた手つきでアプリのQRコードを読みとった。

「この子、ふゆちゃんが大好きなんだよ」

「そうなの。芸能人のパーティーとかあったらぜったい呼んでね」

楽しそうに笑う彼女たちのうしろから、笹宮が顔をのぞかせる。

「茂木、おつかれ。また学校で」

二次会には参加しない前提なのか、と思いつつ手を振り返す。もちろん、行くつもりもなかったけれど。

一団は、流行《はや》りのポップスを大声で叫びながら歩いてゆく。酔いに任せて手をつないだり、抱き合っている男女もいる。かれらに背を向けて、僕は通り沿いに進みはじめた。いよいよ烈しさを増してきた雨滴《うてき》が、ビニール傘を叩く。ピンクや青のネオンの反射光が、濡れたアスファルトの上を魚のようにながれてゆく。

歩道橋の階段をのぼりながら、僕はさっきまで自分に向けられていたたくさんの瞳の色を思い出す。いびつな好奇心と、かすかに滲む同情の気配。才能の残骸としての僕に対する、憐れみ。

心臓の底で沸騰《ふっとう》していた怒りが色をなくし、かなしく透きとおってゆく。

何も成さず、何も得ず、ただからっぽに騒ぐことしかできない。そんなふうにかれらを見下しながら、その身勝手なふるまいに怒りながら、ほんとうは焦《こ》がれつづけていた。だから笹宮の誘いにも乗ったのだ。仲間になりたい。頭をからっぽにして、たのしく猥雑《わいざつ》に騒ぎたい。今ならまだ、間に合うんじゃないか。浮遊子を、過去を、すべてをなかったことにして、ふつうの大学生みたいになれるんじゃないか。

歩道橋をのぼりきったとき、思考が白くはじけた。

浮遊子の巨大なほほえみ。

広場に面した商業ビルの壁面、歩道橋とほぼおなじ高さに設《もう》けられた超大型ビジョンに、見なれた顔が投影されている。主役をつとめる新作ドラマの宣伝らしい。広場で群れるひとびとや、通りを走り抜けるタクシー、ビルの窓硝子《ガラス》、濡れた道路、そのすべてに浮遊子の笑みが照り映えていた。

光は、僕の足元の水たまりにもとどいていた。ちいさな水面に反射して、うす汚れた僕のスニーカーをきらきらとかがやかせている。

ああ。やっぱり、逃げられないのだ。

諦念が、さざ波のように拡がってゆく。

ビジョンのなかの巨大な浮遊子が、僕を見すえる。半径数メートルの瞳が、ゆっくりとまばたきをする。都市の澱んだ大気のなかで、場違いなほど清冽《せいれつ》に澄みわたった虹彩。雨に烟《けぶ》りながらあざやかに発光し、うっとりと虚空をみつめている。

僕は彼女に背を向けて、足早に歩道橋を渡り切った。スクリーンがみえなくなったあとも、浮遊子のまなざしが背中にぴったりとはりついている気がして、ひたすら足を動かしつづけた。

大学に行くことを決めたのは、僕自身だった。

きっかけをくれたのは、『アイリス』で僕と浮遊子の養父を演じた戎井さんだ。彼は「芸能の仕事をやめて生きていくのなら、大学に行きなさい」と勧めてくれた。その言葉に、僕はすがった。

大学にいけば、きっと変われる。ありきたりだけどまともな人生が、きっと手に入る。選んだのは、東京にある総合大学だった。決して偏差値の高い学校ではなかったけれど、入試のために必死に勉強した。なんとか合格したあとに奨学金を借り、それでも足りない生活費はアルバイトで賄《まかな》っている。

ごうん、と機械が大きく唸《うな》った。

ねっとりと甘い湯気が顔にぶつかる。小麦と砂糖の濃いにおい。

機械の中から次々にあらわれ、レーンに載《の》って流れてくる白い小麦粉のかたまりを、僕はぼんやりみている。ときおりいびつなかたちのものを見つけると、反射的に手が動いてすばやく成形する。

深夜の道路工事、ライブイベントの誘導スタッフ、引っ越し作業。東京にきてからのひと月でいろんなアルバイトを試したけれど、この製パン工場の仕事がいちばん向いていると感じる。人と話す必要がない仕事。

終業のチャイムが鳴ると、僕はほかの作業員とともに更衣室へ向かう。ビニール製のヘアキャップと手袋を棄《す》て、脱《ぬ》いだ作業着を大きなバスケットに投げ入れる。休憩室兼待機所は、たくさんの人でごった返していた。夜勤組の作業員だ。年配の男性ばかりで、僕と同年代の人間はいない。皆、無料で配布されているパンを齧《かじ》りながら、壁掛けの大きなテレビから流れるバラエティ番組をぼうっと眺めている。浮遊子が映っていないことを横目で確認して、なぜかすこし安堵《あんど》する。

上長から日給の封筒を渡され、中身を確認して書類に署名した。この仕事を始める前は、コンビニで売られているパンがどうやって作られているのかなんて考えたこともなかった。巨大な機械によって発酵させられ、成形され、暗闇から延々と吐きだされる人工の食物。

工場を出ると、陽が落ちかかっていた。体じゅうに甘ったるい匂いがまとわりついて不快だ。振り払うように自転車に乗り、帰宅した。

高台の住宅街に建つ、アパートの三階。つきあたりのドアをあけると、前日に出し忘れた生ごみの饐えたにおいが鼻についた。廊下兼キッチンの狭い通路を抜けて、衣服やペットボトルの散らばった六畳間にリュックをおろす。

シャワーを浴びたあと、具なしのラーメンをさっと作り、たべた。片づけが億劫《おっくう》でのっそりベランダに出ると、夜気がなまぬるく頬をなでる。煙草になかなか火がつかない。遠くに悠然とたちならぶ峡谷《きょうこく》にも似た高層ビル群のひかりが、幾万もの眼のように赤くまたたいている。

引っ越してきた頃は、街のひかりを眺めていると自分が巨大な都市の一部になれた気がして、心が凪《な》いだ。

けれどそれは、ただの錯覚だった。都市どころか、小規模な基礎ゼミにさえ、僕は未だになじめていない。

喫《す》いさしを灰皿に捩《ね》じこみ、部屋にもどる。汚れた皿を押しやり、机の上でパソコンをひらく。締め切りが迫っている基礎ゼミのレポートを、今日じゅうに仕上げたかった。テキストエディタはまだ真っ白だ。

文章を書くことは、むずかしい。頭のなかでぼんやりと渦巻いている思考を、適切な言葉に置換できない。昔からそうだ。アウトプットだけではなく、インプットも苦手だった。九十分間の講義。集中力が続かなかったり、常識として提示される事柄を知らないこともままあった。

小学校、中学校、そして高校。芸能の仕事をしていたせいで、まともに学校に通った記憶はほとんどない。教室という場に、僕はいまだ慣れることができない。今、みんなのあいだでなにが流行っているのか。なにを言えば盛りあがるのか。どういうタイミングで、話に参加すればいいのか。考えるほど言葉はぼろぼろと舌から零《こぼ》れ、溶け消えてゆく。

ここはもう、舞台でも書割の世界でもないのだ。

脚本もない。カメラマンも観客もいない。すべての台詞《せりふ》を即興で考え、喋り、生きていかなければならない。そう思ったとたんに僕の声はかすれ、失語症に陥《おちい》ってしまう。

スリープモードに移行した真っ黒のディスプレイに、自分の顔がゆがんで反射している。

――人生は、この世界に何かを残すためにあるの。

どこか遠くで響く母の声。

もしそれがほんとうなら、と僕は思う。

残るものをつくりだしたあとの人生には、どんな意味があるのだろう。

マウスをうごかすと、ふたたび真っ白のエディタがあらわれる。茫漠《ぼうばく》とした、果てのない砂漠にも似た白。最初の一文字を探して、僕は空中に指をさまよわせる。

「あっち側、まだ咲いてるよ」

正面に坐った浮遊子が言った。櫂を動かすと、鈍い音をたててボートの舳先《へさき》がゆっくりと向きを変える。

水面に射した光線は水中でやわらかく拡散し、繁茂した藻類をうすきみどりに明るませていた。透きとおった茎のあいだを、小魚の群れがさっと泳ぎぬけてゆく。

つつじを見にいきたい、と言い出したのは浮遊子だった。お濠《ほり》のボートから見るのがいちばん綺麗らしいよ。漆谷さんが奥さんと行ったんだって。

よく晴れた午後だった。とうに花を散らした桜の樹々が、苔《こけ》むした城壁におおいかぶさって茂っている。葉の一枚一枚にひかりがたまって、風がふくたびに何万もの極小の湖がいっせいにきらめいた。

「でも結構散っちゃってるね。つまんない」

退屈そうに浮遊子は言い、ボートの上で足を組み替える。今日の彼女は、武具のような靴を履いていた。黒く太い革の帯で、ぐるりと覆《おお》われた足首。踵《かかと》は長方形の無骨なヒールに自重を託している。指の付け根にもおなじ素材の帯がわたされ、固定されていた。

たしかドイツ製で、ブランド名も教えてもらったけれど、長ったらしくて忘れてしまった。ただ、おそろしく高価だったことだけを覚えている。浮遊子が自分でえらび、自分で稼いだ金で購《あがな》った、美しい武具。

「瞳介、今日は学校いかなくていいの？」

「いい。休むから」

「ふうん」

浮遊子は挑発するような笑みを浮かべた。

「なんだかんだで優しいよね、瞳介は。犬みたい」

僕は黙って櫂を動かす。

浮遊子からの誘いを断ったことは、これまで一度もなかった。日々多忙を極める浮遊子が、ぎりぎりまで仕事を調整して時間をつくっていることを知っているからだ。そんな貴重な時間を、僕につかおうと決めてくれたのだと思うと、心臓がじわじわと充《み》たされていく気がした。たとえだれかの代わりだとしても。

「あ、あそこまだ咲いてるよ」

灌木の一角を指さして浮遊子が言う。ボートを近づけると、蕊《しべ》の濃い匂いが鼻をついた。赤紫色の花弁が、火炎のように大量に吹き出している。水面までもが紅色に照って、ぬらぬらと燃えていた。

浮遊子はボートの縁《へり》に膝をついて、ぐっと身を乗りだした。枝先に群れ咲いた一朶《いちだ》の花に手をのばし、ためらいなく引きちぎる。

「浮遊子、危ない」

「子どもの頃、蜜吸いしてたよね。懐かしい」

僕は櫂から手をはなし、浮遊子の手首を摑んだ。彼女は花弁の根本を口にふくみ、じ、と音をたてて吸った。

「ほんのり甘いよ。瞳介も吸う？」

僕に手首を摑まれたまま、浮遊子はふたたび茂みに手をのばす。ちぎりとった花を差し出され、仕方なく受け取った。萼《がく》を取って唇にあてると、淡い甘味が一瞬、舌の上にひろがった。浮遊子は次から次へと手を伸ばし、花を吸いつづける。花殻《はながら》で、ボートの底が赤く染まってゆく。

あの夏の庭にもたくさんの植物が茂っていたな、とぼんやり思う。

青く冴《さ》えやかな矢車草《やぐるまそう》、やわらかな雲丹《うに》にも似た薊《あざみ》、点々と野原にインクを垂らしたように咲くうすべにいろの撫子《なでしこ》、建築物にも似た精緻《せいち》なうつぼ草。そして、花菖蒲。

撮影の休憩時間、浮遊子は無心に遊んでいた。極彩色の花々を手あたりしだい毟《むし》って、台無しにして、幸福そうにわらっていた。僕も撮影スタッフも、浮遊子の残酷な遊びを止めることも忘れ、ただ見入っていた。

浮遊子がいっとう美しいのは、なにかを壊しているときだ。

かつても、今も。

「なんか、おなかすいてきたな」

花びらを指先で弄《もてあそ》びながら、浮遊子がつぶやく。

「つつじはもういいの？」

「うん、飽きた。戻ろ」

僕は櫂を大きく動かして、ボートを岸辺に近づけた。栈橋《さんばし》から、係員がロープを投げてくれる。ボートが静止すると、浮遊子は栈橋へ飛びうつった。ワンピースの裾《すそ》から白い腿《もも》が一瞬、垣間見《かいまみ》える。

「瞳介、このあと予定ある？」

「別にないけど」

しばらく水の上にいたせいか、桟橋をゆく足がおぼつかない。前を行く浮遊子はふらつくことなく、背筋を伸ばしてまっすぐ歩いてゆく。

「ねえ」

ふいに、彼女が振り返った。

「うちにこない？」

どう、とつよい風がふいた。

赤く大きなつつじの花がいくつも群れて、生首のように歩道を転がってゆく。僕の返事を待たずに浮遊子は歩きだす。うつくしい靴で、花びらをすり潰しながら。


眼球のようなラズベリーが、つややかに濡れている。

ほそい指がのびてきて、まわりのクリームごと果実をえぐりとった。表面をコーティングしていた紅《あか》いゼリーが剝《は》がれおちるのにもかまわず、そのまま口元までもってゆく。浮遊子は咀嚼《そしゃく》しながら、ケーキの一つを僕の前に押しやった。

「瞳介、ほら。たべて」

「僕はいい」

浮遊子は眉をひそめた。

「なんで？　甘酸っぱくておいしいのに」

「甘いものは苦手だって、昔からずっと言ってるだろ」

「ふうん。まあいいや、わたしが全部たべるから」

ベリーのケーキを食べ終えた浮遊子は、高級パティスリーのロゴが印字された他の包みをあけはじめた。

マネージャーに見つかると面倒だから、という理由で、ここ最近は浮遊子が自宅に僕を招くことはなかった。今日はかまわないのかと訊くと、担当者が替わったのだという。「私生活に口出ししてくるのがうっとうしくて、事務所に言って替えてもらったの。でも新しい人とも気が合わなくて、最低限のやり取りしかしてない」と浮遊子は笑う。

今回で何人目のマネージャーなのだろう。以前も別の担当者と喧嘩《けんか》して、泣かせてしまったと言っていた気がする。歴代マネージャーの苦労を想像し、僕はため息を吐く。

ゆびさきについたクリームを舐めながら、浮遊子は部屋を見わたした。

「瞳介、うちに来るの久しぶりだよね。びっくりしたでしょ」

たしかに、リビングの景色はがらりと様変わりしていた。

棕櫚《しゅろ》、モンステラ、ベンジャミン、フィカス・バーガンディ。広々とあかるい空間に家具はほとんどなく、かわりに大型の観葉植物がぎっしりと茂っていた。濃淡さまざまなみどりのすきまから、遙《はる》か眼下に都市を望む、巨大な窓が垣間見える。

「ママがボタニカル系のイベントにはまって、行くたびに買いこんでくるの。そのくせ世話は全然しないんだよ」

「土の匂いがしないな。こんなにたくさんの植物があるのに」

「消臭剤が置いてあるんじゃない。ぜんぶ業者に頼んでるから、よく知らないけど」

言われてみると、植物たちはどれも葉ぶりがよく、虫食いや傷痕は全く見当たらなかった。偏《かたよ》った手入れの痕跡がなく、すみずみまで均質な管理が行きとどいている。持ち主の気配や愛着は、どこにも感じられない。つめたく清潔な美しさ。

「ママは海外撮影でしばらく帰ってこないの。パパは週の半分くらい地方の大学に教えに行ってる。大事な論文を書いてるんだって」

浮遊子の父親は、業界では著名な映画批評家だ。最近は、映画雑誌やＳＮＳでも頻繁に名前を見かける。

「ママもパパも最近ますます忙しいみたい。っていうか、そうみえるだけかも。仕事の詳細は絶対におしえてくれないから、わからないけど」

昔からそう、と彼女はつづける。

「パパもママも、それぞれの友人も、大人たちは自分の人生に夢中で、わたしには何ひとつ教えてくれなかった。みんな上質なものに囲まれていて、知的で、洗練されていて、とてもずるかった。漆谷さんも」

ながい睫毛《まつげ》の奥、琥珀《こはく》色の表面に、僕の顔が映じている。ふいに浮遊子が笑った。目が細められ、映っていた顔が無惨にこわれる。

「嫉《や》いてる？　瞳介」

「嫉いてない」

「嘘。漆谷さんの話をするたび、嫌な顔するの。ほんと、かわいい」

くすくすと笑いながら手を伸ばし、髪に触れてくる。勝ち誇った笑みが腹立たしくて、僕は言った。

「浮遊子だって、本当は怒ってるだろ」

「わたしが？　いつ？」

「僕が仕事を辞めてから、ずっと」

浮遊子はきょとんとした顔で僕を見つめ、すぐに「そうだよ」と認めた。

「だって勝手に辞めちゃうから。才能、あるのに」

「ないよ。ないから辞めた。僕と浮遊子は違う」

「違わない」

抑揚のない声で、浮遊子は言う。

「わたしには瞳介しかいないし、瞳介にはわたししかいないのに。どうして、お芝居やめちゃったの？」

傍目には、彼女の表情は変わらない。むしろ、うすく微笑んでさえいるようにみえる。でも、僕にはわかる。彼女は、怒っている。

暗い昂奮《こうふん》がこみあげてきて、ぞくりと背筋が震える。僕は浮遊子の手首を摑んで、その場に押し倒した。床に頭がぶつかって、ごと、と鈍い音を立てる。

何か言いかけた唇をふさぎ、服の下に手をいれる。浮遊子は怒っているときがいちばんかわいい。

頭上では、巨大なビカクシダが惑星のように静止していた。むっくりとおおきな仙人掌《サボテン》が、動物みたいにうずくまっている。植物たちの静かな呼気の底で、僕たちは緩慢《かんまん》にまざりあう。

おにいちゃん。

甘えた声で、浮遊子がいう。

乳房の先端を指の腹でなぞった。白く細い手首に、舌をそわせる。丁寧に手入れされていると一目でわかる、傷ひとつない体。愛情や執着の気配の感じられない、清潔なうつくしさ。

この部屋の植物とおなじだ、と僕はおもう。無数の歪《ゆが》みの集積として顕然《けんぜん》とする、一寸《いっすん》の狂いもない美。

脚をひらかせ、指を奥までそっとさしこむ。くつくつと音をたてうごかすと、熱い水がじんわりと湧きだしてきた。浮遊子が、じれったそうに身をよじる。なかからどんどんあふれてくるものに、白い泡粒がまざりだす。

——わたしには瞳介しかいないし、瞳介にはわたししかいない。

頭の奥で、さっきの言葉がひびいている。

愛着。嫉妬《しっと》。劣情。怒り。支配欲。優越感。劣等感。期待と失望。憐憫《れんびん》。あらゆる感情を、妹を通して知った。がんじがらめで、今はもう、離れたくとも離れられない。

おにいちゃん。ここ、たべて。

舌足らずな口調で、浮遊子がねだる。目尻に滲む恍惚の涙を、ゆびさきですくってやる。幼い子どもにするように髪をなでてから、脚の付け根に舌を這《は》わせる。甘く息を吐く妹の、昏い沼にも似たその場所に、僕は優しくくちづけた。

しゃわしゃわと、蟬《せみ》の声が耳につく。

僕はレポートを書く手を止めて、汗で額《ひたい》にはりついた前髪をかきあげた。ペットボトルの水をのみ、床に寝転がる。備えつけの古いエアコンはなかなか空気を冷やしてくれず、部屋はうだるように蒸し暑かった。昨日、夜勤で入ったアルバイトの疲れもまだ残っている。

作業に戻るのが億劫でiPhoneを手に取ると、メッセージが一件来ていた。母だ。

生活費が足りなくなったので追加で送金してほしいと綴《つづ》ってある。いつもどおりの文面。

スマートフォンを放り出して目を閉じると、遠い記憶がゆらゆらと浮かびあがってきた。僕も母も、とうに離れた地。海辺にこびりついた小さな村。雪が降る前のにおい。灰青色《かいせいしょく》の冬の海。淡い眼の、残酷なこどもたち。罵声《ばせい》とアルコール。煙草の灰で穴のあいた制服。そして、赤い月の、夏の夜。

あの夜もらった白い名刺は、まるでなにかの乗り物のチケットみたいだった。ここではないどこかへ僕を連れ出してくれる、すばらしい乗り物。

蟬の鳴き声が、いよいよ高く大きく響きだす。鼓膜を殴打する音の雨。拍手の雨。眩くはぜるカメラの閃光《せんこう》と、とどろく歓声。『アイリス』が国内でもっとも大きな映画賞のひとつを受賞した際、レッドカーペットセレモニーに出たときの記憶だ。

あの瞬間が、僕の人生の頂点だった。美しい宮殿にも似た巨大なシャンデリアが、辺りに燦然《さんぜん》と光の粒を撒《ま》き散らしていた。足元には、鮮血の色をした紅い絨毯の小道がのびている。拍手と、歓声と、金色のひかりにみちた空間を、僕たちは手をつないで歩いてゆく。左から順に、戌井さん、浮遊子、僕、帆波さん、そして漆谷監督。

『アイリス』の物語は、両親に暴力をふるわれて育った幼い兄妹が、交通事故で父と母を同時に喪うところからはじまる。茫然とするふたりを、父の遠い親戚だという夫妻が引き取り、湿地帯の村はずれにぽつんと建つ小さな家に連れ帰る。

右目と右足のない、銅版《どうはん》画家の養父。元料理人の気難しい養母。村の中でも嫌われている変わり者の夫妻を、最初はひどく怖がっていた兄妹だったが、日々を過ごすなかで少しずつ心をひらいてゆく。

撮影は、三週間で行われた。カメラマンやヘアメイク、エキストラ。みんなで、ひとつのものをつくっていた。その真ん中に、僕はいた。僕はかれらに必要とされていた。創作という目的のもと、僕たちはまるでひとつの種族のように結託して、おなじものを食べ、おなじ景色をみて、おなじ時間を過ごした。

あのときの僕は、きっと現実とフィクションの区別がついていなかった。それまで出たことのなかった東北の村を離れ、尾瀬《おぜ》の湿原で暮らしながら朝晩問わず浮遊子の兄を演じる日々。「関係を構築するには共同生活が手っ取り早い」という漆谷監督の提案で、撮影期間中、僕たちは貸し切りのコテージで家族のように生活した。

いつも誰かと一緒だった。撮影の合間に浮遊子と遊び、戊井さんに釣《つ》りを教えてもらい、帆波さんと備え付けのキッチンで食事をつくった。

演技は、そんな日常のひとつの動作に過ぎなかった。台本の台詞と生の言葉の境界がゆるやかに溶けあい、ひとつづきのうねりとなって身体の中心を通りぬけていった。大勢の人の手によって丁寧に作りこまれた箱庭で、僕はまるでそれまでの人生のつづきのように、仮構《かこう》の家族の一員として、カメラの前でごく自然に息をしていた。

それは、至上の悦《よろこ》び。

演技をしているという意識すらないまま、僕は浮遊子の兄を——フィクションを、呼吸していた。

こめかみを、つうと汗が伝い落ちてゆく。タオルを取ろうと伸ばした手が、床に積んであったカップ麺《めん》の山にぶつかった。からっぽのペットボトルが散らばるテーブルの向こうに、干しっぱなしの洗濯物がゆれている。

あの短い撮影期間が、僕の人生の早すぎる絶頂であり、終焉《しゅうえん》でもあったのだ。

その先はすべて、蛇足《だそく》に過ぎない。あのとき手に入れたものを、ゆるやかに失ってゆくだけの日々。

ずっと、痛みや苦しみの記憶だけが傷痕になるのだと思っていた。けれど、本当はそうじゃない。みんなと笑って過ごした日々や、撮影中に見たうつくしい景色。そんな幸福な思い出さえ、いつしか深い傷となっていた。

充たされていた過去を思い出すたびに、充たされない今が浮き彫りになる。血まみれになった手で、それでも触れつづけずにはいられない。傷口をおしひろげ、さらにあふれる綺麗な血と懐かしい痛みをたしかめることでしか、平らかに凪いだ今をやり過ごすことができない。

僕は立ち上がり、母の口座番号のメモを冷蔵庫から剝がした。バッグに通帳とカードが入っているのを確認して、玄関のドアをあける。

たちまち、鋭い陽ざしに両眼を貫かれた。白く均《なら》された世界は、何も映っていないスクリーンのようだった。すべてがはじまる前の景色。あるいは、すべてが終わったあとの世界。

錆《さ》びた手すりに摑まって、僕はゆっくりと階段をおりてゆく。

陽ざしが樹々の表面をすべってゆく。幾万もの葉がそれぞれにひかりをうけとめて、銀色の魚のように宙で群れている。

七月の午《ひる》さがり。二限の授業が終わったばかりで、中庭には無数の学生の姿があった。ぼんやり眺めていると、男女の集団が騒ぎながらこちらに歩いてくる。そのなかに笹宮の顔を見つけて、僕はベンチから立ちあがった。

飲み会以来、大学で人と関わることを極力避けていた。過去のことをその場限りで消費される話のネタにされたくなかったし、何より、そういうかたちでしかかれらに受け入れてもらえない今の自分がたまらなく嫌だった。

講義の隙間や昼休みは、逃げるように構内のあちこちで過ごした。硝子でできた近代的な校舎のはざまに、残骸のようにとり残された細長い庭。乾ききってひびわれた古い噴水。芸術科の学生たちが置き捨てていった、できそこないの彫像が散らばる裏庭。人気《ひとけ》のない場所をえらんですばやく食事を摂《と》り、あとは本を読むか眠るかして、休み時間をやり過ごす。

中庭を出て入り組んだ廊下を歩き、ピロティを横切る。図書館の裏手を抜けると、薬学部の薬草園に出た。

こぢんまりと広がる空き地めいた空間。大きな朴《ほお》の木が茂《しげ》っていて、昼間でも涼しい。ここは最近見つけたばかりの穴場で、まだ一度もほかの学生の姿を見かけたことがなかった。ささくれだらけのベンチに坐り、コンビニ弁当の蓋《ふた》をひらく。

他者とかかわりたくて、〝ふつう〟になりたくて、東京にまでやってきたはずなのに。どうしてこんなことになってしまったんだろう。こそこそと人の目から逃げ回る僕を、浮遊子が見たら何と言うだろうか。

――だから言ったでしょ。今更《いまさら》ふつうになんてなれないよ。早く戻ってきなよ。

そう言い捨てる彼女の表情が目に見えるようだ。ため息を吐いて、食べ終わった弁当の容器を袋にまとめた。次の講義まで、あと三十分以上ある。ひと眠りしようと目を閉じたとき、ふいに足音がした。

「茂木さん？」

瞼《まぶた》をあけると、どこかで見たことのある女の子が立っていた。金色の髪が、木漏《こも》れ日に透けてひかっている。

「あたしの名前、おぼえてます？　白鳥《しらとり》かや乃《の》。かや乃でいいですよ」

「……春の飲み会の？」

「そうです。何してるんですか、こんなところで」

「そっちこそ」

そう言うと、かや乃は手にもった小さく無骨《ぶこつ》なカメラを軽く振った。

「あたしは、写真を撮りに」

「写真？」

「趣味です。植物とか、虫とか、いろいろ撮るのが」

言いながら、僕の隣に腰かける。立ちあがるタイミングを見失った僕がぼんやりしている間に、かや乃はカメラをバッグにしまい、かわりに取り出したサンドイッチを齧りはじめた。

ちろちろと、どこかで鳥が鳴いている。うすみどりの梢《こずえ》が、青空に滲んで淡くひかっていた。

隣のかや乃を見ると、とくに急ぐでもなくパンを食べ終え、缶コーヒーをのんびり啜《すす》っている。

沈黙が気まずくないいんだろうか。わざわざ僕の横に坐ったということは、何か喋りたかったのかもしれない。口をひらきかけたとき、ふいに彼女が言った。

「茂木さん、このあと予定ありますか」

「三限があるけど」

「あたし、これから映画を観に行こうと思ってるんですけど。梨島浮遊子が脇役で出てるやつ。もう観ました?」

また浮遊子だ。体じゅうの血が、重く沸きたつ。

こんなに遠いところまで、逃げてきたのに。彼女は僕の人生にどこまでも絡みついてくる。

「……観てない」

「じゃあ、一緒に行きましょう」

冗談かと思って彼女の顔を見ると、ふしぎそうに見つめ返された。

「いや、でも、さっき言ったけど講義が」

「一回くらい休んだって死にませんよ」

僕の反応を、試しているんだろうか。それとも僕には興味がなく、ただ単に映画を一緒に観る人を探していたのか。

頷くことも断ることもできずにいると、かや乃はくるくるとごみを束《たば》ねて腰をあげた。

「駅前の映画館でいいですよね。一時半の回なら、まだチケットあると思います」

喋りながら、振り返らずにさっさと歩いてゆく。

かや乃がどういうつもりで僕を誘ったのかはわからない。困惑しながら、僕は考える。けれど今こそ、他者と関わるチャンスなんじゃないか。外の世界、浮遊子のいない世界で生きてゆくための。たとえきっかけが、他ならぬ浮遊子だったとしても。

昼休みの終わりを告げるチャイムが、遠くの方で鳴った。


「梨島浮遊子、すっごくきれいでしたね。ほんと、ひとつ歳下とは思えないし」

ストローの先端を嚙《か》みながら、かや乃が言った。

流行りのポップスが、スピーカーから流れていた。うすくらやみの奥で、テレビ画面がけばけばしく発光している。硝子のドアから廊下の光が射して、煙草の焦げ痕の残るクッションを照らしていた。

映画を観終わったあと、カラオケに行きたいと言いだしたのはかや乃だった。僕の知らない歌をいくつかうたってから、彼女はカシスオレンジをえらんで注文した。

「やっぱり存在感がありますね。清潔で、凜《りん》としていて。いいなあ。あんなかっこいい女性になりたい」

僕は自分のグラスに口をつけながら、さっきの映画の内容をぼんやりと反芻《はんすう》した。

浮遊子が出ている映画をスクリーンで観るのは、もちろん初めてじゃない。

けれど、圧倒された。

浮遊子の身体は、まるで通路だ。演技中、浮遊子はからっぽの、半透明の美しい通路にも似たなにかになる。そのなかを得体の知れない巨《おお》きなものがいくつも通りぬけ、呼吸をする。

プロフェッショナルとして一線で活躍する浮遊子をみていると、かつて彼女とおなじ場所で仕事をしていたことに対する誇りが湧き上がってくる。同時に、嫉妬も。肺腑《はいふ》を抉り、吐き気を伴うほどの、激しい嫉妬。

うっとりと目を細めて、かや乃はまくしたてる。

「ほんと、どんどん巧《うま》くなっていきますよね。いやデビュー当時の作品もすごかったですけど。もちろん圧巻は『アイリス』です」

「……観たことあるの?」

「もちろんです。ラストシーン、ふたりの瞳に映った花菖蒲の色が、ほんとうに綺麗で。この世にこんなに美しいものがあるのか、と思いました」

撮影日程の中盤で、最後のシーンは撮られた。村民からの嫌がらせや、食卓で交わす会話、隠されていた手紙によって、四人が抱える秘密が少しずつあきらかになってゆく。

兄の秘密は、養父と養母の実の子どもだということだった。兄と血のつながりがなかったことにショックをうけた妹は、夕暮れ前に家を飛び出す。みんなで妹を探し回り、月が高くのぼる頃にようやく兄は、沼地に浮かぶボートの底で眠る妹をみつける。連れて帰ろうと抱きかかえたところで、劣化していた艫綱《ともづな》が切れてしまう。

そのままふたりは一晩じゅう漂流しながら、ぽつぽつと会話を交わす。夜が明ける頃、頂点に達した疲労で朦朧《もうろう》とするなか、兄妹は朝靄のむこうに美しい花菖蒲の花をみつける。

撮影で使われたのは、つくりものの花菖蒲だった。当初は本物の花を使うはずだったが、漆谷監督が「もっと鮮《あざ》やかな色のものが良い」と譲らず、特注で職人につくらせたとのことだった。実際、撮影時に目にした花はみずみずしく繊細で、きわやかだった。

丁寧に精巧につくられた、本物よりも美しい造花。

「『アイリス』を評価してる人たちって、すごく両極端じゃないですか。家族ものの〝泣ける〟ストーリーが大好きなミーハーと、映画オタク——いわゆるシネフィルと」

昴奮のせいか、かや乃の頰が上気している。

「話の筋が王道で感動系だから世間うけも良かったんでしょうけど、あたしはストーリーより漆谷監督の撮りかたというか、いわゆる漆谷節がたまらなく好きなんです。絵画みたいな構図とか、何度も繰り返される水辺の風景とか、なにより最後の、伝説の長回しですね」

『アイリス』で最も有名なシーンは、かや乃の言うとおりラストかもしれない。いまだに映画のレビューサイトで新規の論評を見ることもある。

迎えにきた養父母と兄妹が抱きあう姿を何回もまわってから流し、遠景の湿原を舐めるように抜けて、最後は妹の頰の産毛《うぶげ》が見えるくらい近づく。撮影位置から光の具合まで、綿密に計算された五分強のワンカット。

「あのシーンはいろんな人が絶賛してると思うんですけど、あたしはとくに梨島浮遊子の佇《たたず》まいが好きでした。朝日を浴びて、髪がほんのり光ってて。映画なのに、花のような、いい匂いがしたんです。神さまみたいにきれいだった」

花、という言葉の響きに誘われるように、くきやかな瑠璃《るり》色の花弁が目の奥でひらく。水面にゆれる花菖蒲。河骨《こうほね》の花弁。重たく湿った空気の粒。シーツにひろがる濡れた黒髪と、底なしのかぐろい瞳。紅い裂け目に似た唇と、そこから世界にむかって貪欲《どんよく》にのばされる長い舌。

彼女は神さまなんかじゃない。

化けものだ。

名を成すほどに、人々の注目はあつまる。全方位からゆっくりと首を絞められるようなプレッシャー。悪意だけではなく期待のまなざしさえも、すさまじい圧力となって俳優たちを押しつぶそうとする。

浮遊子はそれらを真正面から貪《むさぼ》るように受け止めて、次々と作品を残してゆく。それが彼女の天才なのか、努力の結果なのか、観客に考えさせない猛々《たけだけ》しさで。人びとはただ、彼女が命がけでつくりあげたエンターテインメントを、おなじ烈しさで楽しみ尽くす。

「茂木さんって、ちょっと変わってますよね。ずれてるっていうか」

しばらく黙って酒をのんでいたかや乃が、ぽつりと言った。

「目の前にいるのに視線が合わないし。今日だって、あたしの顔を一度もまともに見てないでしょ」

彼女は僕を責めるというより、むしろ面白がるようにつづけた。

「飲み会でも、すごく浮いてましたよ。僕はぜんぜん関係ありません、みたいな澄ました顔して。どういじればいいのかわからなくて、みんな困ってた。やっぱり気づいてなかったですか？」

「……かや乃だって、ほとんど喋ってなかった」

「あたしはそもそも興味なかったんで。倫太郎が行こうって言うから、ついていっただけ。でも、茂木さんみたいな人に会えてよかった」

言いながら、かや乃の手が僕の膝にふれた。もう片方の手で首筋をなぞられ、そのまま軽くくちづけられる。

何をされたのか、一瞬わからなかった。反射的に払いのけると、かや乃は意外そうな顔で僕を見た。

「茂木さん、彼女いるんですか？」

「関係ない。そっちこそ、笹宮とよくいるけど」

「倫太郎はそういうのじゃないです。あたし、恋人はいらないんで。たまにセックスする人なら、何人かいますけど」

彼女は大型のスマートフォンを取りだして、画面をスクロールしてみせた。アプリの連絡先一覧に、見覚えのある学部のゼミ生の名前がちらほらと交ざっている。

「面倒なのが嫌だから、そういう関係を結んでるの？」

「逆ですよ」

かや乃はちいさく笑った。

「誰かと面倒な関係になりたくて、こういうやり方をしてるんです」

カラオケ店を出ると、日が暮れかけていた。微細な埃や排気ガスをたっぷりふくんだ都市の大気が、夕陽を浴びて濛々《もうもう》と白く烟っていた。濁《にご》った水をとおしたような鈍いひかりを浴びて、かや乃の金髪が淡くかがやく。逆光で、表情はよく見えない。

「また遊んでください。あたし、茂木さんのファンなんで」

彼女は大きく手をふり、一度も振り返らずに歩いていった。

ファン。その言葉の響きに、じん、と頰が熱くなる。ただの皮肉だと、空虚な言葉なのだとわかっていてなお、たやすく反応する自分に嫌気がさす。

疲労とも快感ともつかない怠《だる》さをぼんやりと感じながら、僕は暮れてゆく町の底にしばらく立ち尽くしていた。


その夜は、ひどく蒸し暑かった。空気のひと粒ひと粒が重たく湿って熱をもち、体じゅうにまつわりつく。まるで、熱帯の林床《りんしょう》に横たわっているようだった。意思とは無関係に、毛穴から汗が分泌され、匂いをさらにつよくする。

不快感に耐えきれず、僕は体を起こした。おもだるい眠気と頭痛を感じながら、惰性《だせい》でパソコンを立ち上げる。

音楽でも流そうと動画サイトをひらくと、いつものように広告が流れ出す。新発売の菓子の宣伝。見慣れた笑顔が、ぱっと目の前にあらわれた。美しく巻かれた黒髪に、あかるい青のワンピース。

最近、ネットでもよく浮遊子を見かけるようになった。近々、映画かドラマの新作でも発表されるのだろう。僕は動画を止めて新しいタブをひらき、検索欄に浮遊子の名前を打ち込んだ。見出し付きの記事が、大量に表示される。

『梨島浮遊子　整形疑惑⁉』

『色気と美と退廃と――〈浮遊子様〉ロングインタビュー』

『家庭崩壊寸前？　梨島家の闇』

好意、興味、誹謗《ひぼう》。まるで岩礁《がんしょう》に荒波が打ち寄せるように、あらゆる感情が浮遊子にぶつかって、しぶき、渦巻いている。しばらくスクロールして、僕はとあるサイトに目を留《と》めた。『梨島浮遊子・アンチスレ』と題されたその掲示板をクリックすると、数えきれないほどのコメントが載っていた。

――生理的に無理な顔。

――どこが可愛いのか全然わからない。爬虫類《はちゆうるい》みたい。

――友だちいなさそう。仲良い芸能人の話とかも聞かないし。

こういう言葉を見かけるのは初めてじゃない。浮遊子の美は人を引き寄せる。良くも悪くも。鋭利な言葉を目にするたびに、頭の奥が痺《しび》れて重く痛む。それでもなぜか目を逸《そ》らせない。サイトの最下部まで辿りつくと、関連するトピックスのリンク先がいくつか貼りつけられていた。ずらりと並ぶ掲示板のタイトルを目で追っていたそのとき。

『茂木瞳介って覚えてる？』

一瞬、息が止まった。

おそるおそる、クリックする。

――もう消えたよな。

――誰それ？

――『アイリス』の兄役の人。ふつうに一般人になってるんじゃない？

――今なにしてんだろうね。

――どうでもいいわ。

やり取りは、そこで途切れていた。僕は深く長く息を吐いて、目を閉じた。

数年前はこのサイトにも、僕に関するスレッドがいくつか立てられていた。僕はみずから掲示板やサイトを検索し、そこに書かれた「茂木瞳介」への誹謗中傷をひとつひとつ拾って見ていた。インターネットに書かれた言葉は、半永久的に残ることとなる。たとえ僕が無視していても、そこに書かれた言葉は在りつづける。なら、書かれた事実を知らない方がよっぽど怖い。まるでなにかの義務か刑罰のように、僕は毎日ネットを徘徊していた。

手の込んだ誹《そし》り、外見に対する嘲《あざけ》り、シンプルに投げつけられる「死ね」の文字、脅迫まがいの文言。ずらりと並んだ言葉の切っ先を眺めながら、今まで僕がやってきたことは全部まちがいだったんだろうかと思った。

学校にも行かず、友だちとも遊ばず、仕事を頑張って、頑張って、ここまで辿りついたのに。こんなふうに言われるのなら、初めから何もつくらずじっと動かず、大人しく人生をやり過ごしていればよかったんだろうか。

――わたしは気にしない。お兄ちゃんがそばにいてくれれば、それでいい。

いつか、浮遊子はそう断言していた。

――わたしにはわたしの生活がある。画面越しにはだれにも見せないし、触らせない。どんな悪意もとどかない場所をもってる。

どんな言葉を浴びせられても、彼女は揺るがなかった。自分だけの世界を構築し、外界で起こる物事には見向きもしなかった。それこそ、爬虫類のように。清潔な水槽で、自分の欲望のみと向きあって暮らす、うつくしい生きもの。

僕はちがう。僕は、浮遊子のようにはなれなかった。

人生をかけてもいいと思えるなにかが見つけられたひとは幸せだ、といつかテレビで誰かが言っていた。かつては僕もそう思っていた。演技は人生のすべてだった。何の躊躇も必要ない、全身全霊、ありったけをのせてぶつかってゆけばいい。演じることで、僕は僕自身をもっと遠くへ、高いところへ、連れてゆくことができる。

けれどあるとき僕は、その確信が間違いだったことに気づいた。

今でもよく覚えている。十二歳のとき、端役で出演した映画の撮影現場で、僕はリテイクを繰り返した。焦燥《しょうそう》と疲労で思うように演技ができない。もう何十分も、他の演者やスタッフを待たせている。

――いいよ、いったん力ぬいて。リハーサルだと思って、もう一回やってみよう。その次が本番ね。

あやすように監督が言う。僕は焦っていた。

どうしてうまくできないんだろう――『アイリス』のときのように。

あのときは、あんなにもすべてが容易だったのに。そこにいるだけ、台詞を口にしているだけで、次々にOKがもらえたのに。

結局、その日の撮影はさらに撮り直されたあげく、何とか形になった画を数秒だけ採用された。

大人たちに慰められながら、ふいに悟《さと》った。

そもそも僕は、『アイリス』では演技をしていなかったのではないか。

あの小さな美しい王国で、本物の天才たちに囲まれて、僕はただ、自然に息をしているだけで良かった。演技する意志と役者の自覚がなかったからこそ、僕は完璧な演技ができたのかもしれない。現に今日は、うまく演じようと思うほど空回《からまわ》った。

ぞっと背筋がつめたくなった。

もうだれも、僕を助けてくれない。漆谷監督や浮遊子に頼ることはできない。いま目の前にいる監督から求められている演技が、いや、求められている以上の演技ができなければ、それでおわり。僕がどれだけ力を発揮できるかどうかで、僕のこの先が決まる。

以降の仕事も似たような出来にしかならず、僕はじわじわと追い詰められていった。たとえ僕が俳優を辞めたとしても、きっと誰も困らないし世界は動じない。代わりはいくらでもいる。

漆谷監督に見出されたときのような奇跡は二度と起こらない。僕はもう、だれかにとっての特別には、作品にとってかけがえのない存在には、なり得ないのかもしれない。やわらかな鉛のような恐怖が、ゆっくりと咽喉《のど》を圧《お》しふさいでゆく。

この世界では誰もが、自分のすべてをかけることができるものを探している。

裏返せば、それを見つけてしまった者は、何もかもを一点に注《つ》ぎこむ生き方しかできなくなる。休憩時間もリハーサルもない。一分一秒、間断なく人生を本番として生きることの、すさまじい苦しみ。

僕にとって芝居は、人生をかけるに値する世界なのか。苦痛に見合う成功を得られる才を、果たして有しているのだろうか。僕は次第にわからなくなっていった。

どんな演技をしたいのか。自分が息をしやすい世界を、どんなふうにつくってゆくのか。己《おのれ》の欲望のみを追いつづける狂気こそを、才能と呼ぶのなら。僕には最初から、その力は具《そな》わっていなかった。

映画の仕事をやめたあとも、しばらくはモデル等の小さな仕事を受けていたけれど、依頼はみるまに減っていった。原因は、僕自身がいちばんよくわかっていた。身長も顔立ちも、年齢を重ねるにつれ、プロとして仕事をこなせる基準からすこしずつ逸れていったのだ。

せめて引き際のタイミングは、自分で決めたい。そう思い、高校卒業前に事務所を辞めた。掲示板を閉じると、元の動画が表示された。コマーシャルの映像のなかで、浮遊子が美しく微笑んでいる。

僕には演技の才がなかった。そう心底から理解した瞬間の痛苦と絶望を、今なお埋火《うずみび》のように感じながら日々を費消している。

けれど。

浮遊子はまだ、あの地獄のなかにいるのだ。

蒼い花の咲き乱れる、煉獄《れんごく》に似たあの世界に。

もしかしたら、と僕は思う。もっとも身の奥深くまで病んでいるのは、日々をむなしく過ごしている僕でも、インターネットの吹き溜《だ》まりで呪詛めいた言葉をこねくりまわしている連中でもなく、画面の向こうでこんなにもきれいに、すこやかに、笑んでみせている浮遊子なのかもしれない。

コマーシャルが終わる直前で、僕はカーソルを動画の先頭に戻した。ふたたび青いワンピースがひるがえり、浮遊子は世界にむかって灼然《しゃくぜん》とほほえむ。憐れみと、それから稲妻《いなずま》にも似た嫉妬で背骨が震える。夜へ沈みゆく部屋の底で、パソコンの画面だけがいつまでも、燃えるようにかがやいていた。

仕事が忙しいのか、浮遊子からは何の連絡もないまま八月になり、大学は夏休みに入った。バイト三昧《ざんまい》の休暇になるだろうなと思っていたら、初日からかや乃が「花火しません？　倫太郎たちもいますよ」とメッセージを飛ばしてきた。

日が落ちてから指定された公園へ行ってみると、かや乃と笹宮倫太郎、それからおなじ基礎ゼミの子たちが何人か、花火を手にしてはしゃいでいた。僕に気づいた倫太郎たちが、わらわらと寄ってくる。

「茂木じゃん。久しぶり」

「かや乃が呼んだの？」

「ジュースのむ？　お菓子もいっぱいあるよ」

「はい、これ持って」

かれらは僕に花火を渡し、ライターで火をつけてくれた。たちまち先端から、ひかりと熱があふれだす。ひかりはほろほろとはぜながら、一瞬だけ烈しく燃えあがり、夏の夕闇にふっつりと溶け消える。はかなむ間もなく、あたらしいひかりがつぎつぎと生まれてくる。

「きてくれないかと思ってました」

いつのまにか隣にきていたかや乃が、ちいさく笑った。片手にカメラを提《さ》げ、もう片方の手で線香花火を持っている。

「……家にいても一人だし」

「あたしもです」

伏せられた睫毛の下の瞳に火の粉が映りこみ、しずかにゆれている。

「また誘うんで、来てください。みんなでいれば、寂《さび》しくないでしょ」

その日から、かや乃は本当に毎日のように僕を遊びに誘ってきた。プール、映画、ドライブ、カラオケ。誘いに乗ったり断ったりしながら、僕はすこしずつ、ゼミ生の名前を覚えていった。友だちというほど仲良くはないけれど、少なくとも敵ではない人たち。

「瞳介って、彼女とかいるの？」

ある日、豊洲《とよす》の臨海公園でバーベキューをした帰りの電車で、横に坐った倫太郎にそう訊かれた。窓からは濃密なオレンジ色の夕陽がさしこみ、疲れて眠るかや乃たちの頰を濡らしていた。

「え、なんで？」

「瞳介のそういう噂、ぜんぜん聞かないから。どうなんかなって」

「いないけど」

「じゃあ好きな人は？」

すきなひと。

まなうらで黒髪がひるがえる。好き、という単純な響きの容《い》れもののなかに、彼女の存在はとうていおさまりきらない。

「……いないよ」

倫太郎は「ふうん」と面白そうに頷いた。

「じゃ、かや乃とかどう？」

「どうって言われても、別に」

「だよな。あいつ、いっつもふわふわしてるし、頭からっぽだし。でも、たぶん瞳介のことすげえ気に入ってるよ。お似合いじゃね？」

彼は笑いながら言い、それから目を瞑《つむ》った。

倫太郎とかや乃はおさななじみなのだと、誰かが話していた。喋らなくても互いに考えていることがわかるほど仲が良い。まるで家族のようだ、と。なぜふたりが付き合わないのか、ことあるごとにひっそり話題に上ったけれど、本当のところは当人たちにしかわからないし、わかる必要もないと思う。

窓の外に視線を移すと、巨大な太陽がビル群のむこうに落ちてゆくところだった。

浮遊子は今、何をしているのだろう。仕事中だろうか。あるいは、恋人といっしょに過ごしているのだろうか。わからない。

浮遊子の方もおなじように、僕が今どこにいるのか知らない。同級生と遊びまわっていること。浮遊子を箱庭に置き去りにして、浮遊子の知らないひとたちとかかわりはじめたこと。彼女は、何ひとつ知ることはない。優越感に似た熱で、心臓があまく疼《うず》く。

さっきまでのんでいたアルコールの苦味が、口のなかに残っている。僕は瞼を閉じて、夕陽に灼《や》き尽くされた世界から自分を切り離した。

電車から降りたとたん、鋭いひかりが眼の奥まで射しこんだ。ほかに降りる客も、乗車する客もいない。ホームに立っているのは僕ひとりだった。遠くで鳴り響く踏切の音をききながら、無人の改札を通り抜ける。

八月の中旬。高くつらなる山のむこうに、入道雲が湧いている。強すぎる陽ざしに、田園も、人々も、空も、なにもかもが色を飛ばして、くすんで見える。茨城《いばらき》県の、とある田舎町。景色は昨年と少しも変わらない。まるで、この一年にあったことが何もかも嘘だったみたいに。

戌井さんから連絡がきたのは、数週間前のことだった。彼は毎年夏になると、僕たちに連絡をくれる。『アイリス』の共演者だった帆波さんの、墓参りのために。

駅舎を出ると、広場の木陰《こかげ》で一人の男が煙草を喫っていた。日射しに漂白されたあかるい景色のなかで、黒いシャツに身を包んだ痩身《そうしん》の彼は、異物めいていた。僕をみると、かすかに口元をゆるめて笑みをつくった。

「ひさしぶり、瞳介くん。あいかわらず綺麗な顔だね」

ちいさく息を吸う。

僕たち兄妹をむすびあわせ、まがいものの家族を作ったひと。

浮遊子の恋人。

漆谷圏。

頭をさげると、彼は軽く笑った。

「大学生になったんだってね。戌井さんからきいたよ。いいね、学生生活。羨《うらや》ましいよ」

どう答えればいいのかわからず、僕は煙草を取りだした。

会話の糸口として話しかけたのではなく、自分の言いたいことを言っただけなのだろう。相変わらず、自分勝手なひとだ。

漆谷は沈黙を気にするふうでもなく、ゆったりと煙を吐いた。口元はゆるく笑顔をかたちづくったままだけれど、瞳は鋭く辺りを睥睨《へいげい》している。

彼が映画監督としてデビューしたのは、二十三歳のときだ。十代の頃から近所の名画座に通いつめ、一度観た映画は細部まですべて記憶していたという。芸術大学の映像芸術学科に進学し、卒業制作の『泡とコンクリート』が有名なコンペティションで大賞を獲《と》り、商業デビューを果たした。

有名アーティストのMVやコマーシャルなども手掛け、二十八歳で撮った二作目の映画『アイリス』が興行的な成功をおさめた。それからは小説原作の映画の監督をつとめたり、ベテラン監督の作品に脚本を提供するなど、さらに人気を集めている。自分の世界を愛していて、外野の批評は歯牙《しが》にもかけない。好きなものに囲まれ、好きなことだけして暮らしたいと望み、実際そのように生きている。浮遊子とよく似ているな、とぼんやり思う。美しく凶暴な、才能の獣《けもの》たち。

二本目の煙草を喫い終わったとき、駅の方から背の高い男性が歩いてきた。

「漆谷さん、瞳介くん、こんにちは。お待たせしてすみません」

戊井さんだった。オーデコロンの清潔な香りが、鼻先をよぎる。この暑さのなか、彼はシャツの釦《ボタン》をきっちりといちばん上までとめていた。

「浮遊子ちゃんは?」

「まだですね。でも、もう着くんじゃないかな」

漆谷が答えると同時に、駅前に一台のタクシーが滑《すべ》りこんできた。上質な漆黒のワンピースをまとった浮遊子が降りてくる。

「浮遊子ちゃん、こんにちは」

戍井さんに向かって、浮遊子は「お久しぶりです」と微笑んだ。漆谷の方には見向きもしない。

「それじゃ、行きましょうか」

漆谷が言い、僕たちは歩きだした。いつものように、商店街の花屋で仏花を買い、長い坂道をのぼってゆく。進むにつれて建物がまばらになり、やがて広大な墓苑《ぼえん》があらわれた。

八月のひかりのもとで、何百もの墓石が白い歯のように照っている。淡い人影がのろのろと小《こ》径《みち》を行き交い、立ち並ぶ樹々は葉裏を銀色にひからせて静止している。

白昼夢にも似た光景のなか歩きつづけると、目印の東屋《あずまや》が目に入った。角を曲がり、突き当たりまで進む。

ミルク色のなめらかな墓石の前で、僕たちは足を止めた。

帆波さん。かつて、僕たちの養母を演じていたひと。

玉砂利のひと粒ひと粒が、ひかりをうけてきらきらと輝いている。手分けして雑草を取り、墓石に水をかけたあと、漆谷が花を供《そな》え、線香に火をともす。浮遊子は静かに目を伏せている。倣《なら》って瞼をおろすと、蟬の声が煩《うるさ》くなった。

『アイリス』で出会った帆波さんは、まるで本当の母親のように、僕と浮遊子を愛してくれた。撮影中も、それ以外の時間も。

両親からまともに相手にされず育ってきた浮遊子も、初めて母と離れて暮らす僕も、優しい彼女にいつもべったりくっついていた。帆波さんは疎《うと》ましがるでもなく、「ふたりとも、小さいころの娘たちにそっくり」と笑いながら、手をつないで買い物に行ったり、公園で遊んだりしてくれた。

一度、休みの日に三人で市街地のプールに遊びに行った。帆波さんの肩には、琥珀色のちいさな傷痕があった。昔、撮影中に転んでしまったのだと彼女は言い、「さわってもいいよ」と僕たちの指を導いてくれた。ひんやりしたプールの水のなかで、帆波さんの肌は仄かに温かかった。傷痕はなめらかで、僕たちはひみつの宝石をなでるように、いつまでも膚にふれていた。

目を開けると墓石が、夏の陽の底でひかっていた。

帆波さんが急な心臓病で亡くなったという報《しら》せをうけたのは、撮影から五年が経った頃だった。葬儀は、青天の真夏日に行われた。棺《ひつぎ》に横たわる帆波さんを、彼女の実の子どもたちが、かわるがわる抱きしめていた。

僕と浮遊子は、その光景を離れたところから眺めていた。僕らの知らない、本当の母親としての帆波さんについて、そしてもう二度と触れることのできないあの琥珀色の傷痕について、ぼんやり考えながら。

あれからまた五年が経つ。僕たちは毎年八月に仕事を休み、帆波さんの墓参りに向かう。

一年に一回、にせものの家族とその創り主があつまる日。

衣擦《きぬず》れの音とともに、浮遊子が立ちあがる気配がした。

「ちょっと休んでくる」

それだけを残し、浮遊子は足早に墓苑をあとにした。きっと、一人になりたいのだろう。残された僕たちはゆっくりと腰を上げ、後片付けを済ませて歩きだした。

「瞳介くんも、浮遊子ちゃんも、大きくなりましたね。もう立派な大人だ」

戍井さんがそう言うと、漆谷が応えた。

「昔は喧嘩して、浮遊子ちゃんが泣いて、瞳介くんがむくれて。でも知らないうちに、何事もなかったみたいに遊んでる。ずっと見ていても飽きなかった」

「ひとのこと、おもちゃにしないでください」

「おもちゃになんてしてないよ」

やりとりを眺めながら、戍井さんが微笑む。

「そういえば、瞳介くん。大学生活はどうですか」

「……いろいろと新鮮で、楽しいです」

「それはなによりですね。いろんなものを見たり、感じたりして、楽しんでください。まだ若いんだから、何でもできるし、何にでもなれますよ」

微笑む戍井さんになにも言えず、ただ曖昧《あいまい》に笑ってみせた。

何にもできないし、何にもなれなかったから、僕は僕として今ここにいるのだ。

商店街まで戻ってくると、浮遊子が煙草屋の軒先《のきさき》で煙を吐いていた。僕たちをみると煙草を消して、ふたたび歩きだす。戍井さんが横に並び、僕と漆谷が残されるかたちになった。

「一服していこうか」

断る間もなく煙草を差しだされる。仕方なく咥《くわ》えると、彼は慣れた所作で火をつけた。

すこしの沈黙のあと、先に口をひらいたのは漆谷だった。

「おれに何か言いたいことがあるんじゃない?」

どきりとした。やっぱり、何もかも見透かされている。

最初に会ったとき、研ぎ澄まされた獣のようなひとだと思った。

彼は他人をジャッジすることに慣れている。映画監督としてデビューしてからずっと、容赦のない、惨《むご》いほど正しい判断だけをかさねて生き残ってきた男。

僕は、ゆっくりと煙を吐いた。見られていることを意識すると、緊張で体がこわばり、息苦しくなった。昔も、今も。

「『アイリス』は、もう終わったんです。あの家もないし、帆波さんももういない。僕も浮遊子も大人になった。これ以上、浮遊子を振り回さないでほしい。浮遊子はあんたの所有物でもなんでもない」

「ならきみは、浮遊子の何なんだろうね」

彼は笑みを含んだ声で言う。

「恋人であり、友人であり、家族であり、兄妹であり、でもそのどれでもない。面白いよね、きみたちは」

「今はあんたと浮遊子の話をしてる」

僕は彼を正面から睨《にら》みつけた。

「真剣に交際するのなら、先に奥さんと別れて。もし遊びなら、」

「こんなもの、遊びとも呼べないよ」

漆谷は微笑みを崩さない。

——漆谷さんの、どこが好きなの?

——自分勝手で、ずるいところ。ずるさを隠さないところ。

腹の底から、熱いかたまりがこみあげてくる。ばかな浮遊子。かわいそうな、浮遊子。

彼の瞳が、わずかにゆるんだ。

「もったいないね。芝居のお仕事、続ければよかったのに」

漆谷は煙草を揉《も》み消し、僕を置いてさっさと歩きだした。

『アイリス』の撮影期間中、僕たち役者にまざって彼もコテージで生活していた。「共同生活を提案したのはおれだから」と言っていたが、三週間の日々のなかで漆谷の姿を見かけたことはほとんどなかった。割り当てられた自室にこもって、ずっと仕事をしていたのだ。食事の時間に現れないこともしばしばだった。夜中に階段を降りてキッチンへ向かう彼の足音を、僕はベッドに横たわったまま聞いていた。

僕だけじゃない。戌井さんも帆波さんも浮遊子も、きっと不在の漆谷を意識しつづけていた。姿が見えなくても、コテージには常に漆谷の気配が充ちていた。彼は『アイリス』という国の王であり、同時に異物だった。

あれからずっと、僕は漆谷のことがこわいのだ。他愛《たあい》ない雑談で笑っているときでも、目の奥の方からじっと、監督としての彼がこちらをみている。一見、人当たりの良い、おだやかなまなざしの向こうに潜むもの。絶《た》えず僕らの才能を品定めする、温度のない視線。

駅前まで戻ってくると、木陰のベンチで並んでアイスを食べている戌井さんと浮遊子の姿が目に入った。

「あ、やっと来た。待ちくたびれたよー」

戌井さんと喋ってすっかり機嫌が直ったらしい浮遊子が、大きく手をふる。

「本当は皆さんとごはんでもいきたいのですが、私はあいにく次の予定がありまして。漆谷さんは、このあとは？」

「すいません、おれも仕事が」

「では、家族そろっての食事は次の機会に」

戌井さんは残念そうに言い、振り向いた。

「せっかくだし、浮遊子ちゃんと瞳介くん、二人で行っておいで」

彼が呼んでくれたタクシーに浮遊子はさっさと乗りこみ、僕を手招きしている。足を踏み出しかけたとき、後ろから声がした。

「妹の面倒、ちゃんとみてあげなよ」

ふりかえると、漆谷がこちらを見ていた。かすかに笑んだまま。

「彼女、最近ひどく不安定だから」

「あんたのせいだろ」

彼は応えず、ひらりと踵《きびす》を返した。

僕は前に向きなおり、車にのりこんだ。浮遊子は窓の外の戌井さんに、にこにこと手を振っている。

僕は運転手に浮遊子の家の住所を告げた。車が走り出すと、車内は沈黙で充たされた。隣の浮遊子は、僕の様子を窺《うかが》うように視線を送ってくる。

「さっき、漆谷さんとなに話してたの」

「別になにも」

ふたたび沈黙が落ちる。彼女は何か言いたそうに僕を見たけれど、諦《あきら》めたように目を伏せた。

車内は冷房が効きすぎていて、ひどく寒い。いつのまにか空は黒い雲に蔽《おお》われていた。淡い墨《すみ》色のむこうで、太陽の輪郭が円く光っている。まるで眼球みたいだ、と思う。色も熱ももたない巨大な一つ眼が、遙か天の高みから僕たちを見下ろしている。

隣で、浮遊子はシートにもたれて眠っていた。仄かにバニラの匂いがする。甘ったるい、無防備な匂い。放りだされた左手に、そっとふれる。つめたい指先を握ると、反射で微かに握り返してきた。

何があったとしても、僕は浮遊子を守らなければならない。

なぜなら、彼女は僕の妹だから。

箱庭の創り主に恋をしている妹と、彼女に執着しつづけるにせものの兄。

甘やかな腐臭の漂う、いびつな家族の成れの果て。

一時間ほど走った頃、車がゆるやかに速度を落とした。目のくらむような高層マンションの、見慣れたエントランスが目の前にあらわれる。僕は浮遊子の指から手を離した。

自分の住所を運転手に告げようと口をひらいたとき、頭上で雷が鳴った。浮遊子が怯えて肩を震わせる。大きな瞳いっぱいに、僕の顔が映じている。

僕は一度口を閉じ、それから、言おうと思っていたこととは別の言葉を声に乗せた。

「部屋まで送るよ」

ひろびろとした浴室に、雨音がこだましている。壁の一面は硝子張りになっていて、眼下に都市のひかりが瞬いていた。ぼんやりと宙を見ていた浮遊子が、扉のひらく音でこちらに振り向く。薄紅色に染まった水底で、白い手足がゆれている。湯面につまさきを浸すと、柘榴《ざくろ》の香がたった。

「いい匂いだね」

そう言うと、浮遊子は口元まで湯に浸かったまま頷いた。まだ眠いのか、瞳が濡れている。僕は肩まで湯に沈み、腕をゆるくひらいた。

「浮遊子」

呼びかけると、彼女は素直に僕の腕のなかにおさまった。背後から抱きかかえるかたちに坐りなおすと、浮遊子が呟くように訊いた。

「瞳介、機嫌なおった?」

「なんで?　普通だよ」

「嘘。漆谷さんと会うと、いっつも不機嫌になる」

微笑みながら浮遊子が言う。僕は息を吐き、「浮遊子こそ、戌井さんとなに喋ってたの?」と話を逸らした。

「みんな変わらないねって話をしてたよ。わたしも瞳介も体は大きくなったけど、中身は子どもの頃からちっとも変わらないって」

「浮遊子もそう思う?」

「思うよ」と彼女は笑った。

「みんな変わらない。漆谷さんも、戌井さんも、お兄ちゃんも。みんなずっと、わたしの家族。大事なひとたち」

浮遊子のながい髪が、水中でゆれている。くろぐろと垂れおちる髪のながれをかきわけると、白い背中があらわれた。指先でなぞると、浮遊子がひくりと体を震わせた。くちづけると、うすい肉の下に埋まった背骨の凹凸《おうとつ》が、皮膚を通してくっきりと伝わってくる。

浮遊子は嘘をついた。僕たちは変わった。今も変わりつづけている。のどかで安全なあの湿原は、もうどこにもない。あ、と浮遊子がうわずった声をあげる。

僕たちが決定的に変わった瞬間が、もしあるとするなら。初めてセックスした夜だろうか。

十五歳で映画の仕事を辞めたあとも、雑誌や広告の仕事をこなすため、僕は数ヶ月に一度の頻度で上京していた。あの頃は浮遊子も今ほど忙しくなく、タイミングが合えばファミレスで食事をしたり、ゲームセンターで遊んだり、夜の街を散歩して二人で過ごした。

ひどく奇妙で、あいまいな時期だった。浮遊子は僕を「お兄ちゃん」と呼んで甘え、僕は彼女に声をかけてくる男の人を追い払ったりして世話を焼いた。漆谷によってつくられた脚本上の架空の関係をなぞり、延長し、僕たちは現実でも本当の兄妹のようにふるまっていた。まるで、こどものごっこ遊びみたいに。

遊び相手であると同時に、互いが互いのたったひとりの友人でもあった。まともに学校に通っていなかった僕にとって、浮遊子は唯一の同年代の話し相手だったし、浮遊子にしてもおなじだっただろう。均衡は、けれどある夜とつぜん破られた。

その日、仕事で上京していた僕は、夜に浮遊子と待ち合わせ、公園を散歩した。人気のない夜の公園は森閑《しんかん》としていて、足元を流れる小川の水音が低くひびいていた。坐ろうよ、と浮遊子が傍のベンチを指して言い、僕は倣った。

秋の夜だった。頭上に茂る金木犀《きんもくせい》の花は光沢を帯び、空気のひと粒ひと粒が甘やかな香気をまとっていた。

――このあいだ、撮影でキスしたの。

他愛もない話のあと、ぽつりと浮遊子がそう言った。彼女が僕の前で仕事の話をするのは珍しい。僕は慎重に訊き返した。

――そう。嫌だったの？

――嫌じゃないよ、仕事だから。でも柔《やわ》らかくて、変な感じだった。瞳介は、したことある？

――ないよ。相手もいないし。

ふうん、と浮遊子が僕を見る。薄手のパーカーから覗《のぞ》く鎖骨に、ほんのりと汗が溜《た》まっていた。粘りつく花の香に、浮遊子の体臭が混じっている。細い咽喉が、ゆっくりと上下した。生々しさに顔を逸らそうとしたとき、浮遊子が僕の膝に手をおいた。

――浮遊子？

彼女は、うっそりと微笑んでいた。十代の少女のものとは思えない、成熟した幽艶《ゆうえん》な微笑み。僕と浮遊子の関係のなかでずっと陰になっていたところ、「兄妹」でも「友人」でもない昏い部分が今、やわらかく剝《む》きだしになっている。

浮遊子が優しく僕の髪をなでながら言う。

——だいじょうぶ。怖くないから。

——怖いよ。だってこんなの、まるで兄妹じゃないみたい。

——兄妹だよ。何があっても。

うわごとめいた言葉をかさねながら、僕たちはゆっくりと顔をよせた。

——本当はずっと、こうしてみたかったんだよ。わたしも、瞳介も。

咽《む》せ返るような花の匂いのなか、浮遊子は僕の唇にくちづけた。

本物の皮膚と皮膚がこすれあう。その瞬間、僕たちをずっと包んでいた薄膜が、つぷんと音をたてて破れた気がした。

演技じゃない。にせものじゃない。ほんものの、ふれることができる浮遊子の身体、指で感じることができる浮遊子の熱が、仮構の関係性を壊してどっと流れこんでくる。あふれしたたる浮遊子の熱を、僕は夢中になってたべた。たべて、たべて、まだ足りなくて、僕が泊まっていたホテルに戻って、勢いのまま貪り、繋《つな》がり、そうして果てた。すべてが終わったあと、浮遊子は七歳のこどものようにあどけなく笑った。

——だいじょうぶだよ、お兄ちゃん。何にも変わらないよ。なんにも。

「浮遊子」

快楽でうっとりと潤んだ瞳は、焦点が合っていなかった。僕を僕だと認識しているのかどうかすらわからない。顎《あご》を伝う唾液を指でぬぐってやる。

「浮遊子、僕のこと好き?」

「すき」

舌足らずに、浮遊子が答える。

「そうやって、すぐに答えてくれるけど」

「うん」

「本当はそんなこと思ってないって、わかってるんだよ」

「うん」

「僕のこと、好き?」

「すき」

たまらなくなって、浮遊子の体を思いきり抱きしめた。細い骨組みの感触。濡れた肌はつめたいけれど、触れていると皮下の熱がじんわりと指先に伝わってくる。

演技じゃない。にせものでもない。浮遊子の身体の感触も、僕の欲望も、なにもかもがこんなにも鮮明で、本物なのに。彼女はそれを拒《こば》む。あくまで僕を「兄」として、僕との関係をフィクションとして、扱おうとする。『アイリス』に固執し、あの頃とおなじ見慣れた地平に立っていると信じたがっている。

けれど。

浮遊子だって本当はわかっているはずだ。僕たちが、今はどこにも属していないということ。ここは『アイリス』の世界から遠く離れた、名前すらつけられない最果ての地だ。ほかのだれにも理解できない、とどかない、宙づりのまま閉ざされた関係。

「おにいちゃん、もっと」

こどものようにせがむ浮遊子に、深くくちづける。

浮遊子が妹という役を通して僕に触れることを望むのなら、フィクションという枠組みの中でしか、ほんとうの自分をひらくことができないというのなら、それでもかまわない。

僕はフィクションとして、彼女を愛しているふりをする。そういう演技をする。

「兄」として「妹」を抱く。役を演じながら役を逸脱する。演技に演技を重ね、自分たちのほんとうの熱を、欲望を、ひたすら隠しつづける。僕たちは共犯者だ。

いつのまにか夕立《ゆうだち》は止み、陽が沈んでいた。広々とした浴室は、青みがかった月のひかりに満ち満ちている。ほそながい浴槽には、甘い腐臭のただよう温《ぬる》い水がたっぷりと湛《たた》えられていた。まるでボートの内側に小さな沼がつくられたみたいだと、のぼせかかった頭で思う。

内と外が反転した景色のなか、僕たちは肩まで沼に浸りながら繋がっていた。ときおり浮遊子の身体が蠕動《ぜんどう》し、そのたびに快楽が背骨を伝う。ゆるやかにのぼりつめ、何度目かに達する直前、たちこめる湯気のむこうに、蒼くゆれる花菖蒲を見た気がした。


九月に入っても暑さはいっこうに収まる気配はなく、それどころか日に日に肥大しているように感じられた。

故郷の宮城の夏は、ひどく短かった。海面を耀《かがや》かせ、肌に淡く汗をにじませ、ひととおりの花を咲かせたかと思うと、もう消え去っている。東京の夏は長い。ひたすら冗長で、けだるい暑さ。いつまでも治らない傷口のように、ぐずぐずと熱が膿《う》みつづける。

エアコンのぬるい風を浴びながら素麺《そうめん》をたべていると、iPhoneが震えた。みると、ほぼ同時に二件のメッセージを受信していた。一通は、母から。もう一通はかや乃だった。

僕は箸を置き、母のメッセージを先に確認した。空調の修理をしたから送金してほしい、という旨《むね》の文言をみて、バッグから通帳を取りだす。残高を見てため息を吐いた。視線を画面に戻すと、メッセージの最後に、いったいいつこちらにくるのかとなじるような言葉が添えてあった。おばあちゃんも瞳介に会いたがっているのに、と。

母はいま、京都の祖母の家で暮らしている。お金はすぐ送る、もう少し涼しくなったらそっちに行く、と手短《てみじか》に返し、かや乃からのメッセージをひらいた。

『今日、暇だったら美術館いきません？』

昼からは課題用の資料に目を通すつもりだったけれど、母からのメッセージで気が削《そ》がれた。一度外に出て気分を変えた方がいいかもしれない。僕は『どこに行けばいい？』と返し、立ちあがった。

指定された駅で降りて改札を出ると、すでにかや乃が待っていた。くっきりとしたみどりいろのワンピースと金髪のコントラストが、夏の陽ざしの下で目に痛いほど鮮やかだ。

「お久しぶりです。茂木さん、お肌まっしろですね。ぜんぜん焼けてない」

「ずっと家にいたから」

「不健全ですね。若いんだから、もっと遊ばないと」

駅を出ると、すぐ目の前に硝子でつくられたドーム型の透明な建物がそびえていた。チケットを買って入館すると、肌の表面に薄い氷がはりついたように涼しくなった。ごった返すロビーを抜けて、広いエレベーターにのりこむ。

「美術館にはよく来るの？」

「はい。東京にきてから、気になった展覧会は行くようにしてます」

そういえば昔、浮遊子を誘って展覧会に行ったことがあった。文字を読むのが苦手な彼女は、解説をすべて飛ばして絵だけを眺めて回っていた。それに気づかず、自分のペースでゆっくり進んでゆくと、すっかり機嫌を損ねた浮遊子が出口に立っていた。待たされたことに怒ってこちらを睨む浮遊子は人ごみの中できわだっていて、どんな絵画よりも綺麗だった。僕はおもわず笑みをこぼし、ますます彼女を怒らせた。結局、ふたりで美術館に行ったのはそれきりだ。

展示室の入り口をくぐると、かや乃は僕がいることを忘れたようにふらふらと歩きだした。僕はゆっくり進みながら、画家の年譜に目を向ける。

貴族の家に生まれて独学で絵を描きはじめ、結婚と離婚を幾度も繰り返した。晩年は山奥にちいさな家を建てて一人で棲《す》み、最期《さいご》はひっそりと入水《じゅすい》したという。

読み終わって振り返ると、絵画の鏤《ちりば》められた空間が広がっていた。白い壁面に掲《かか》げられた、幾枚もの極彩色の世界。一枚の絵画は、池の水面だ。世界中のすべての絵は、ひとつの巨大な水源を底で共有しているのだと僕は思う。人間の官能がつくりだした、宇宙よりも巨きな、鮮やかなうみ。僕たちがみている個々の絵は、この世に表出したちいさな水面に過ぎない。

この画家も、そんなうみに溺《おぼ》れたひとびとのうちの一人だったのだろう。色を愛し、世界を愛し、そうやって、がんじがらめになっていった。みずからのつくりだしたうみに囚《とら》われ、あがき、苦しんで、呼吸もできず、水底に沈んでいった。

フィクションは、呪いだ。ただのつくりものなのに、架空の世界なのに、現実に生きるひとの人生にまつわりつき、ゆっくりと咽喉を絞めて息を詰まらせ、破滅させる。

「茂木さん、大丈夫ですか？」

視界の端で、檸檬《レモン》色の髪がゆれる。顔をあげると、かや乃がじっとこちらを見ていた。

「顔色悪いですよ。ここ冷房きついですし、いったん出ましょう」

「え、でもまだ途中だし」

「いいんです。いちばん好きな絵はもう観たので」

美術館を出ると、重たい湿気をふくんだ風が顔にぶつかってきた。冷えていた肌が一気に熱をとりもどし、じっとりと汗がにじむ。

「ごめん。せっかく誘ってくれたのに」

かや乃がさしだすペットボトルを受け取りながら言うと、彼女は首を横に振った。

「謝らないでください。それより、どこかで休んだ方がいいですよ」

そこでかや乃は言葉を切り、言いにくそうに少し笑った。

「うち、すぐそこなんですけど」


大通りから外れた細い路地のつきあたり、古い木造アパートの前で、かや乃は立ち止まった。塗装の剥がれかけた狭い階段をあがり、錆びて変色したドアをあけると、淡紅色のひかりに包まれた。

六畳ほどのワンルームで、奥の大きな窓は薄赤いカーテンでとじられている。薄布に濾《こ》されたひかりが部屋じゅうを紅く染め、まるで小さな心臓のなかに立っているようだった。

「散らかっててすいません。その辺に坐っててください」

差し出された麦茶を飲み干すと、体中にこごっていた余計な熱がゆるみ、溶けていった。落ち着いたところでぐるりと周りを見わたして、思わず息を飲んだ。なぜ気づかなかったのだろう。壁全体が、びっしりと隙間なく写真で蔽われている。

街をゆく人々の夕陽に透ける髪、水溜まりにたつ波の凹凸、焦げた五徳の先端、漂白された冬の空気の中に佇む信号機のシルエット、芋虫の脚、造花の葉に積もった埃の層。

「ごちゃごちゃしてるでしょ。写真を始めてからの三年間、撮ったものぜんぶ貼っつけてるんですよ」

かや乃はバッグから一眼レフを取りだすと、窓際の棚にごとりと置いた。フィルムカメラ、小型のデジタルカメラ、使い捨てカメラ、望遠レンズ。一列に並んだ機械の眼球たちが、まばたきもせずにじっとこちらをみつめている。

映画の撮影のときも、こんなふうに何台ものカメラに囲まれていた。その場の空気ごとあまさず浚《さら》い取ろうとする、貪婪《どんらん》な眼球たち。なんだか息苦しくなって、僕はカメラの群れから目を逸らした。

「写真、本当に好きなんだね」

「はい。将来、これで食べていけたらいいな、って」

「プロになりたいってこと？」

かや乃は笑顔で頷く。

「高校生で初めてカメラを触ったときからの夢で。本当は専門学校に行きたかったんですけど、親に猛反対されて。せめて大学は出ておけ、潰しがきくから、って説き伏せられて仕方なく進学したけど、写真の勉強は続けています。こんなこと、プロの表現者の方に向かって言うのもなんですけど、好きなことを仕事にするのって、すごく大変だと思うんです。それでもせっかくの人生だし、本当にやりたいことをやりたいなって」

「趣味のままじゃ駄目なの？」

その瞬間、かや乃の顔色がさっと変わった。慌てて僕は付け加える。

「かや乃に写真の才能がないってことじゃなくて。プロになることと、成功することはイコールじゃない。デビューしたって、苦しいことばっかりで、いいことなんか一つもないよ。さっきの画家だって、仕事のかたわら、ささやかに描きつづけるだけだったら破滅せずに済んだ。ながく娯《たの》しく生きるための方法は、この世にたくさん用意されてる」

祝祭が終わったあとの、荒涼とした景色を知っている。そこにはなにもない。目印も、指標も、なにも。ただ、あいまいな暗闇がひろがっているばかり。振り返れば過去に残した作品が禍々しいほど鮮やかにかがやいていて、それも日に日に少しずつ遠ざかってゆく。

「それは、茂木さんだから言える台詞です。プロとして映画に出たことのある、茂木さんだから」

しばらく黙っていたかや乃が、ぽつりと言った。

「眠って食べてセックスして、ゲームで遊んで、漫画を読んで。ずば抜けた才能があるわけでも、ひどい不幸や災難が降りかかってくるわけでもない。不穏なくらい凪いだ人生に、娯楽で必死に波を立てて、毎日なんとかやり過ごしてる。

せめて一回、たった一回でいいんです、なにか人の記憶にのこるものをつくってみたい。自分の人生にはちゃんと意味があったんだって、錯覚でいい、一瞬でいいから、感じてみたい」

そこまで言うと、かや乃は笑ってみせた。

「センスも才能も根気もないのは、自分がいちばんわかってるんですけどね。写真は好きだけどこれ以上うまくなれそうにもないし、でもやめる理由もないし、続けてるって感じです」

ほんとどうしようもないですよね、と気だるそうに言い、その場でごろりと寝転がった。脱色をくりかえしてひどく傷んだ金色の髪が、写真の上にいびつに拡がる。

浮遊子のデビューはおそろしくなめらかだったな、と僕はぼんやり考える。赤子のときから女優である母親の現場に連れていかれ、三歳のときにはもうコマーシャルに出演していたという。彼女はまるで水面に浸かるような自然さで、つまさきからするすると芸能の世界に滑りこんでいった。

それからつまずくことも溺れることもなく、奇跡みたいに美しく泳ぎつづけて今に至る。まるで、生まれる前から泳ぎかたを知っていたかのように。

「僕もおなじだ。かや乃とおなじ」

そう言うと、彼女は寝転がったまま僕を見上げた。長い睫毛の下の瞳が、不思議そうにまたたく。

「茂木さんはちがいますよ。だってプロだもん」

「今はちがう」

浮遊子とは、ちがう。

あの夜、僕は目の前の現実から逃げたい一心で、漆谷が差し出した手をとった。いっときでもいい、目の前の景色が変わればいいと思った。

僕は水面をぶざまに割って足を踏み入れ、あちこちでつまずき、傷つき、最後には溺れかけ、逃げるように外界へ出てきた。

なんだかすべてが億劫だった。かや乃に倣って寝転がると、ふいに視界が金色に染まった。唇にやわらかいものがふれて、はなれる。

「あたしは、茂木さんのこと好きですよ」

かや乃は、ちいさく笑った。

「いつも悲しそうで、ひとりぼっちで、かわいそうなくらい綺麗」

ほそい指がのびてきて、僕の咽喉にふれる。そのまま首筋を甘く嚙まれ、微かに息が洩《も》れた。

かや乃の肩越しに、視線をぼんやりと壁の方へむけた。びっしりと貼りつけられたおびただしい数の写真は、巨大な傷口を虚《むな》しくふさぐ瘡蓋《かさぶた》を思わせた。かつて確かにそこにあった、けれど今はもうない一瞬の集積。人工的に、強引に蘇生させられた過去たち。幽霊の群れ。

「茂木さん」

かや乃が擦《かす》れた声で言った。

「こっち見て」

唇を割って、ぬるりと熱のかたまりがはいってくる。

くちづけは、ささやかな殺しのみぶりなのかもしれない。息をしたり、ものを食べたり、喋ったり。生きてゆく上で欠かせない器官を、いっときだけ、互いにふさぎあう。機能を停止させ、ゆるやかに、相手から優しく生をうばう。

幾千枚もの小さな死に囲まれた部屋の底で、カーテン越しに射すひかりが、かや乃の頬や胸の上にちらちらと紅く揺れている。体じゅうにひらいたみえない傷から流れる血のようで痛々しくて、僕は目を閉じた。

夏休みがあけて大学が始まってからも、かや乃との関係はつづいた。

講義を受けたあとふたりで映画館や美術館に行ったり、かや乃の家で酒をのんでセックスしたり、だらだらと夏の終わりを費消した。

結局、僕は一度もかや乃を拒まなかった。まるで仲間の傷口を気遣う獣のように、互いに首筋を舐めあい、唇をふさぎ、手を握った。ゆるやかに窒息《ちっそく》しながら抱き合った。自己嫌悪と快楽を互いの体の上で甘く練りのばすだけの、どこにも続かない営み。

かや乃といる時間が増えたせいか、倫太郎たちからは何度か「付き合ってるの？」と訊かれた。かや乃が肯定も否定もしなかったので、僕も黙っていた。けれど彼女に対して恋愛感情があるわけではなかったし、かや乃にも僕以外の相手が何人もいることを知っていた。境界線をこえても、やはり僕たちはただの友人にすぎなかった。

一方で、浮遊子からの連絡は、極端に減っていた。どうせ漆谷と会っているのだろう、と思っていたけれど、どうやらそれだけではないらしい、とようやく僕が気づいたのは、九月も終わりにさしかかる頃だった。

「そうなんじゃないかっていう意見を、ネットで見かけただけですよ」

壁にもたれてピーチネクターをのみながら、かや乃はそう言った。

「でも、漆谷監督はしばらく作品を発表してないし、梨島浮遊子は映画にドラマに絶好調だし。ありえない組み合わせではないと思うんですよね」

真夜中の、渋谷の地下。細胞が震えるほどの大音量で電子音楽が鳴りひびき、スモークマシンが吐きだす煙で空気は白く濁っている。ときおり光線が煙をやわらかく切り裂いて、踊るひとびとの肌を赤く青く照らし出す。

クラブに行こうと誘ってきたのは、もちろんかや乃の方だった。繁華街《はんかがい》の裏通りには、地下へとつづくドアや階段が、あちこちにひらいていた。彼女はそのうちのひとつを選び、慣れたように階段を降りていった。料金を支払い、紙でできたブレスレットを提げて分厚い扉をひらく。

とたんに、音の洪水があふれだしてきて鼓膜がずぶ濡れになった。巨大な音の粒が絶えずスピーカーから吐き出され、うねりとなって流れながら空間を充たしている。魚に似た光があちこちに飛びかい、白い煙が昇ってゆく。アルコールの匂いが漂う音とひかりの海の底で、ひとびとは緩慢《かんまん》に踊っていた。

まるで四角く切り取られた深海のようだと思った。東京の地下には、一体いくつこんな空間が存在するのだろう。地中深くに埋められた、無数の巨大な水槽。夜になると、青くまばゆくかがやきだす。

「漆谷監督の最新作。主演は梨島浮遊子。噂がもし本当だったら、『アイリス』以来、十年ぶりの組み合わせになるんですよね。すごく楽しみ」

うれしそうに笑うかや乃に、ふいにおおきな人影が近寄ってきた。背の高い男性の二人組。シャツの袖から覗く腕には黒い蛇《へび》の紋様が這い、両耳は銀色の茸《きのこ》にも似たピアスでびっしりと蔽われている。かれらは僕には目もくれず、かや乃になにか話しかけた。彼女はちらりと僕の方をみて、「ちょっと踊ってきます」と笑って手を振った。烟った空気のむこうで金髪がゆれ、すぐに見えなくなる。

ひとりになった途端、音量が増した気がした。透明なコップの水面はたえずゆれて波打ち、肌に浮いた汗がひかる。アルコールが、細胞のすきまにじわじわと浸透してゆくのがわかる。

ぼんやりと霞《かすみ》がかかった頭で、先ほどのかや乃の話を反芻する。漆谷と浮遊子がつくる、あたらしい映画。そんな話、浮遊子は僕の前で一度も口にしたことはなかった。

僕の踏みこめない、ふたりだけの領域。

――漆谷さんとセックスした。

浮遊子からそう告げられたのは、今からほぼ一年前だ。久しぶりに交わったあと、ホテルのベッドでまどろんでいたときだった。絶句する僕に、浮遊子は自分の髪を弄りながら淡々と経緯《いきさつ》を説明した。

きっかけは、ファッション誌の映画特集だった。彼女は漆谷と共に対談の仕事を受けた。毎年、帆波さんの墓参りで顔を合わせてはいたものの、ふたりの仕事が重なったのは『アイリス』以来だった。話は弾み、その後もたびたび食事をするようになったのだという。

彼は二十ほども歳の離れた大人の男性であり、僕たちの楽園――『アイリス』の王であり、創造主だった。

帆波さんがいて、戊井さんがいて、僕と浮遊子がいた。うつくしい高原と、延々とひろがる湿地の光景。不足なものは何もなく、すべてがあるべきところにあった。この先に待っているどんな栄光も、どんなに精妙な作品世界も、『アイリス』の幸福にはとどかない。

そうして浮遊子は、神さまに世界をねだった。ほかのどんな監督の作品もかなわない。あなたの生みだす世界を、そこで生きていたわたし自身を、わたしは愛している。もう一度、あの国に連れていってほしい、と。

もちろん、そんなことは不可能だ。

あの湿原の景色は、かつてまちがいなく、たしかに存在していた。けれど家や庭のセットは解体され、取りはらわれ、あとかたもなく消えさっている。帆波さんは亡くなり、戌井さんは歳をとり、僕も浮遊子も大人になろうとしている。

だが漆谷は、浮遊子の才能を愛していた。だからきっと、彼女を自分のもとにつなぎとめるために与えたのだ。「恋愛関係」という、あらたなフィクションを。

舞台装置も、ほかの登場人物も要《い》らない。ふたりだけで完結する手軽で濃密な世界に、浮遊子はすぐに夢中になった。いや、夢中になっているふりをしているだけかもしれない。

漆谷も僕も、浮遊子にとっては『アイリス』を再現するための装置にすぎないのだ。

彼女が希求しているものは、過去の自分の演技だけ。

かつて存在した、今はもうどこにもない世界で呼吸をしていた少女。その幻。亡霊。

酔いが回ってきたのか、ぐるぐると視界がゆれる。電子のリズムが、不可視の巨大な心臓のように規則正しく、低音で鳴り響いている。いつのまにか見知らぬ女の子たちが僕の腕をとり、笑顔でなにかをいっている。煙が濃くてなにもみえない。ひどく気分が悪い。かや乃はどこへいってしまったのだろう。赤く明滅する光がめまぐるしく頭上を行き交う。どこかのだれかがつくった音楽にあわせて、なまえもしらないひとびとが踊る。

地上よりも遅い速度で、深海の夜は更けてゆく。


ひどい頭痛で目が覚めた。頭蓋《ずがい》の奥深くで、もうひとつの心臓が脈打っているようだった。太陽はすでに高く、白いひかりが天井でちらちら揺れている。いまは何時だろう。体を起こすと、あちこちの関節が軋《きし》みをあげた。こみあげる吐き気に耐えつつなんとかシャワーを浴びてから、ぐったりと横になる。

昨夜、どうやって自分の部屋まで戻ってきたのか記憶がない。かや乃はちゃんと帰れたのだろうか。メッセージが届いていないかとiPhoneを起動させて、驚いた。何十件もの着信が入っている。発信元は、浮遊子だった。

彼女が電話をかけてくることはめったにない。急いでかけ直すと、数コールで繋がった。

「浮遊子？　どうした？」

『あ、やっとつながったー。どうせ寝てたんでしょ。もうお昼だよ』

のんびりとした浮遊子の声が響いて、体の力が抜ける。僕は通話をスピーカーモードにして、その場にごろりと横たわった。

「なんだよ。緊急かと思ってびっくりした」

『緊急だよ。もうすぐ瞳介の家着くから』

チャイムが鳴ったのはそれから十分後だった。

ドアを開けると、そこには帽子をかぶった浮遊子と、ちいさな子どもがいた。白いシャツに、カーゴパンツ。淡い栗色の髪が、ふわふわと揺れていた。浮遊子のうしろから、ぼうっと僕を見ている。

「……隠し子?」

「次作の共演者。野坂葵《のさかあおい》くん。八歳」

疲れた口調で浮遊子が言う。「とりあえず入れば」と促《うなが》すと、浮遊子はスニーカーを脱ぎ捨てた。子どもはおずおずと靴を揃《そろ》え、部屋に上がる。浮遊子は僕の耳に唇を寄せて早口で言った。

「十一月から撮影が始まるんだけど、まずはふたりで仲良くなってこい、って漆谷さんに言われて。今日一日いっしょに過ごさないといけないんだけど、どうしたらいいかわかんなくてさ」

「漆谷監督? 撮影って、新作? 映画の?」

「うん。それより瞳介、わたし、こどもってほんと苦手で」

「僕だって別に得意じゃない。マネージャーはどうしたんだよ」

「監督の指示だからって、ついてこなかった。スマホのGPSで位置情報は分かるようになってるし、一時間ごとに連絡しろって言われてるけど」

小声で言い争っているうちに、葵がじっと僕たちをみていることに気づいた。

「あ、ごめんね。喧嘩してるわけじゃなくて」

浮遊子は言い、僕を指した。

「えっと、このひとは、瞳介お兄ちゃん」

「おにいちゃん」

「そう。わたしのお兄ちゃん。今日は三人で遊ぼうね」

沈黙が流れる。浮遊子が、すがるようにこちらを見る。

仕方なく、僕は口をひらいた。

「葵くんは、何が好き？」

葵は少し考えてから、「さかな」と呟いた。

「魚ね。じゃあ水族館でも行こうか」

「釣るのがすき」

僕と浮遊子は顔を見合わせ、葵に聞こえないようにため息を吐いた。


「ほら、瞳介。はやくして」

不機嫌きわまりない声で、浮遊子が言った。

「浮遊子がやったんだろ。もうちょっと待って」

触れば触るほど、手の中の糸は絡まってゆく。玉になった箇所を指でほぐしていると、突然葵が声をあげた。

「ひいてる！」

はげしくなみうつ黒い水面から、ぬるりとひかる鱗《うろこ》が見え隠れしている。僕は釣り糸を放りだし、玉網《たまあみ》を手にした。

「浮遊子、支えてて」

葵のうしろから抱きかかえるように、浮遊子が棹《さお》に手を添える。網を水面にさしこんで、ぐっと深く掬《すく》うと、傷だらけの巨大な鯉《こい》がのたうった。

「やったね、一匹釣れたよ」

息を整えながら浮遊子が言い、葵が頬を上気させて頷く。

秋晴れの空の下、市ヶ谷《いちがや》の釣り堀は大勢の客でにぎわっていた。誰もが釣りに夢中になっていて、葵や浮遊子の姿に気づかない。矩形《くけい》に区切られた水面は、ひかりを吸ってくろぐろと輝いていた。昏い水底に、ときおり濃い影がひらめいては消える。

さっき放り投げた釣り糸を拾いあげると、うしろから浮遊子が覗きこんできた。

「まだほどけないの？」

「まだ。っていうか、もう無理だよ。こんなになってる」

「えー、まだ一匹も釣ってないのに」

「僕も釣ってない。着いて早々、浮遊子がはしゃいで振りかぶるからだろ」

どうしようもないほどぐちゃぐちゃに絡まりあったふたりぶんの釣り糸を諦めて、僕たちは傍のベンチに腰かけた。葵は浮遊子に買ってもらった帽子を律義《りちぎ》にかぶり、真剣に自分の釣り糸を見つめている。

野坂葵。乳児のときから雑誌やコマーシャルに出演していて、ドラマ、バラエティ番組と、着実に活躍の場を広げているらしい。今はインターナショナルスクールに通いながら仕事をしているのだと浮遊子は説明した。

「経歴が浮遊子と似てるね」

「そうかな。でも育ちが良いっていうか、ていねいに愛されてる感じがする」

水面が荒く毛羽立《けばだ》った。慌てて立ちあがり、葵の元に駆け寄る。棹を握ってひっぱると、黒い巨体が宙に躍《おど》った。傷だらけの口元から針を外すと、身をくねらせて玉網から逃げていった。

「なつかしいね。釣り」

ぽつりと浮遊子が言う。

そうだ。僕と浮遊子を初めて釣りに連れていってくれたのは、戌井さんだった。僕たちは彼に買ってもらったソフトクリームを食べ、池のふちに坐って何時間でも飽きずに水面を見つめていた。

「わたしばっかたくさん釣れて、お兄ちゃんは悔しくて泣いてた」

「逆だろ。泣いてたのは浮遊子の方だった」

「瞳介の記憶違いだよ」

僕はため息を吐いて、葵の方へ向き直った。

「葵くんは、どうして釣りが好きなの？」

「前、パパと来た」

「お父さんと仲良しなんだね。ほかにはどんなことして遊んでるの？」

「えっと、おやつ作ったり、ままごととか。どうぶつごっこ」

「どうぶつごっこ？」

「みんなで好きなどうぶつになって、お昼寝するの」

「いいねそれ。たのしそう」

浮遊子が笑う。葵くらいの歳の頃は、僕もごっこ遊びをしていたな、とぼんやり思う。ただし、葵のように家族で楽しんでいたわけじゃない。

たったひとりで。すがるように。

『アイリス』に出演する前の記憶。怒号《どごう》の飛びかう部屋、悪口にさざめく教室、ひとりぼっちの校庭。どうしようもない世界にあざやかな薄い膜をかさね、その色彩に夢中になった。ぬいぐるみを持って家じゅう走らせたり、蛇になって手足を使わず廊下をすすんだり、街じゅうが海に沈んでいる景色を想像しながら、通学路をゆっくり歩いてみたり。誰にも邪魔されない、ひとりきりの世界。

きっと誰もが一度は経験しているはずだ。

遊ぶこと。

演じること。

たとえ一瞬でも、自分じゃない自分になること。なったふりをすること。

「あ、またひいてる！　ほら、しっかり持って。離さないで」

浮遊子が言い、葵の腰を抱くようにして棹に手を添える。ごぷ、とにぶい音がして、魚が水面に躍り出た。すかさず浮遊子が玉網を近づけて、すばやく捕らえる。

「やった。三匹目だよ。お兄ちゃん、みて」

「みて。おにいちゃん」

浮遊子が笑い、葵も笑う。本当の姉弟のようにはしゃぐ二人を見ながら、ごっこ遊びは今もまだ続いているのかもしれない、と思う。

僕は偶然あの夜、漆谷にえらばれた。彼の世界の住人として。そして『アイリス』というフィクションに助けられた。

その代償として、今はフィクションに人生を侵蝕《しんしょく》されている。

ふたたび釣り糸を垂らすふたりから目を逸らし、玉網の中を覗きこむ。不気味に静まり返った水面は、かぐろいばかりで、何もみえなかった。


「次はどこ行きたい？」

釣り堀を出たあと、ファミレスのパフェを食べながら浮遊子が訊いた。

「とう」

「とう？」

口元にクリームをつけたまま、葵は言った。

「高くて、ひかってる」

「もしかして、スカイツリー？」

浮遊子が言うと、彼は頷いた。この都市で最も高い建築物。

塔の入り口で並んで、チケットを買った。小部屋のようなエレベーターに運ばれて、数百メートルもの高みへ昇ってゆく。ぽつりと浮遊子が呟いた。

「子どもの頃、ここに来たことある」

「家族で？」

「そう。一度だけ。パパもママもいっしょだった」

扉がひらき、光がさしこんでくる。葵と手をつなぎ、僕たちは三人で並んで降りた。

壁面は、すべて硝子張りだった。東京の建築群が、眼下に果てしなく広がっている。埃やガスを含んで不透明にけぶる大気を、傾きかけた太陽がほのあかく照らしていた。

フロアはたくさんの客で賑《にぎ》わっていた。本来なら人間にとどくはずのない領域、宙空を切り展《ひら》いてつくりだされた空間を横切って歩く。小走りになる葵に「転ばないでねー」と浮遊子が声をかける。

葵に目が届く位置のベンチに腰掛けて、ふたりで息を吐いた。

「疲れた？」

「うん。子どもって、ほんとよく動くね」

でも楽しい、と浮遊子が笑う。

「だいぶ仲良くなれたんじゃない？」

「だったらいいけど」

斜めに射すひかりが、浮遊子の横顔を照らしだす。なめらかな肌の表面に少しだけ光が染み入り、反射している。微かな雀斑《そばかす》は、白砂に埋もれた金の粒のようにひかっていた。

「映画、脚本はもう読んだの？」

「うん。漆谷さん、今回はかなり自信があるみたい。わたしも楽しみ」

走り回ることにも飽きたのか、葵が僕たちの方に戻ってきた。浮遊子は彼を膝に坐らせ、頭に軽く顎をのせた。縦に並んだふたりの横顔を見ながら、僕は初めて浮遊子に会ったときのことを思い出した。

ロケ地の尾瀬の湿原で、浮遊子はまるで美しい鹿《しか》のように佇んでいた。

手も足もびっくりするほど小さくて、近づくとかすかに乳のにおいがした。目ばかりが不気味なくらい大きく澄んでいて、のばした黒い前髪のむこうから、こちらを窺っている。

最初は、ひどく怖かった。数秒前まで不機嫌だったかと思えば、急に笑い出す。流した涙も乾かないうちに、スタッフに貸してもらったゲームに夢中になっている。それが演技であると、言われるまで気づかないほどの技術。

化け物じみた天才のこども。こんな少女は、今まで会ったことがなかった。どれがほんとうの浮遊子なのか、そもそもほんとうの彼女など存在するのか、わからなかった。

けれど、彼女と暮らし、いっしょに何日も演技しつづけているうちに理解した。すべてが、浮遊子なのだ。どんな姿も、すべて浮遊子が自分のなかから取りだしたものだ。

かなしんだり、よろこんだりしている浮遊子を見ているだけで、おなじ気持ちが湧きあがってきた。僕と浮遊子は互いの鏡であり、玩具《がんぐ》であり、そして兄妹だった。

「ねえ、瞳介。今後、映画には出ないの？」

もう何度目かもわからない問いに、僕は答える。

「出ないよ」

「どうして？　才能があるのに」

浮遊子は抑揚のない声でつづけた。

「『アイリス』でも、瞳介がお兄ちゃんだったから、わたしはあの演技ができた。もう一回、あそこで呼吸がしたい。瞳介といっしょに、演技がしたいの」

嘘だ、と僕は思う。

――同年代で仲の良い俳優や女優の方はいるんですか。

以前ラジオでそう訊かれた浮遊子は、いません、と即答していた。仕事上のライバルに心を許すことができないんです、と。

そのときわかった。浮遊子にとって僕はもう、仕事で関わる人間でもライバルでもない。だからこんなふうに頼ったり、体を重ねたり、たやすく嘘をついたりできるのだ。

浮遊子が本当に求めているのは、僕じゃない。『アイリス』の風景を、自分の演技を、ただ再現したいだけだ。呪いめいた、あの幸福を。

「わかってるだろ」

僕は葵の髪をなでながら言った。

「浮遊子の相手は僕じゃない。この子だよ」

葵は眠たいのか、とろりと瞳を濁らせていた。

僅《わず》かに汗ばんだ額にはりつく髪をかきあげてやりながら、僕は葵に訊いた。

「お芝居は好き？」

「うん。すき」

葵はまっすぐ頷いた。夕陽を浴びて仄かにひかるふたりの姿がかなしいくらいうつくしくて、僕は静かに目を逸らす。

『お久しぶりです。今晩もし空いてたら、ごはん行きませんか？』

読み終わった本を膝に置き、なんとなしにiPhoneをみると、かや乃からメッセージが届いていた。

『ごめん。いま帰省中で』

返信すると同時に、目的の駅を告げる車内アナウンスが流れる。

電車から降りてホームにたつと、ひんやりした秋の風が頬をなでた。大気は澄み、高いところに浮かんでいる雲が、うっすらと金色にひかっている。

高台に建つ駅からは、京都市街の全貌が見渡せた。四方を山に囲まれた楕円《だえん》形の土地に、木と石でできた背の低い建物群が密集している。まるでよそものを排除するかのように円く閉じた景色を見るたびに、息がつまりそうになる。

バスにのり、街の北端で降りて十分ほど歩くと、とりわけ古い地区に着く。迷路のように入り組んだ路地を進んでゆくと、穴倉のような家が建ち並ぶ一角に出た。自転車も通れないほど狭く、雑草だらけの小路のつきあたりが、祖母の家だった。門がまえは立派だが、石垣は崩れ、庭の草木も荒れている。

錆びた門をくぐり、鍵《かぎ》のかかっていない引き戸をあける。

「ただいま」

声をかけると、どこかで物音がした。饐えた匂いがする、と思ったとたん、数匹の猫が足元をすり抜けて走っていった。顔をあげると、奥から母が顔を覗かせていた。

「瞳介、おかえり。朝からずっと待ってたんよ」

ほらほら、とはしぎやながら促され、玄関を上がる。縦に細長い家の中は、大量の物であふれていた。黄ばんだ下着、ごみ袋、割箸、プラスチックの食器、横倒しになったカラーボックス。あちこちにこびりついた猫の毛が、カーテンのかかっていない窓から射す強烈な西日を浴びて輝いている。

ごみとひかりに溢《あふ》れた部屋の最奥《さいおう》に、祖母が坐っていた。ぼんやりと虚空をみつめ、口元には唾液がひかっている。祖母は耳が悪く、ほとんど喋らない。日常動作に支障はないようだけれど、いつもぼうっとしていて、何を考えているのかわからない。

僕が祖母と初めて会ったのは、今年の春、祖父の葬儀のときだった。それまでは、母が自分の実家に寄りつかなかったのだ。僕の上京と同時期に父が全く帰ってこなくなり、母は宮城のアパートを引き払って、京都に戻った。直後に祖父が亡くなり、以来、母は祖母と二人で暮らしている。

「瞳介、こっち坐ってて。今お寿司もってくるから。奮発してうおずしさんに頼んだんよ。仕送りしてもらってるのに贅沢かなって思ったけど、あんた、ぜんぜん帰ってこんし。たまにはええやろ、な。ほんまにおいしいんやから」

母は明るい声で延々と喋りながら、忙しなく動き回っている。「手伝おうか？」と腰を上げると、「いいから坐ってて」と制止された。

「どう、あっちの生活は？　やっぱり大学って忙しい？　友達はできたん？」

「うん、まあそこそこ」

「あんた、昔から暗かったから。なかなかお友達もできひんやろ。要領悪いもんな。それにそんなに痩《や》せて、めんどくさがってごはんもろくにつくってないんやろ。こっちでいっしょにお母さんたちと暮らせばいいいって、さんざん言ったのに」

ゆっくりとたべものを嚙む祖母の横で、母は唾《つば》を飛ばしてまくしたてる。

昔からそうだ。母は過剰な人だった。会話も、日々の出費も、愛も憎しみも、なにもかも。反論すると倍になって返ってくるのがわかっているから、僕は黙ってぬるい寿司を食べた。

「アルバイト、足りひんのやったら、もっと増やしたらええのに。お金があれば、瞳介だって楽に生活できるんやし」

「仕送り、足りないの？」

「そんなこと言ってないやろ。まあ、最近はいろいろ出費も増えてきたけど。瞳介が送ってくれるお金で、だいぶ助かってるんやけどね。それにお母さん、月末に通帳を見ると嬉しくなるんよ。ああ、この子はちゃんとあたしのことを思ってくれてる、って、目に見えてわかるから」

母のうしろには、通販番組でよく見る家電や、何に使うのかわからない道具がずらりと並んでいた。去年、腰痛を理由に母はパートをやめた。京都で暮らしはじめてからも働いていないようだ。祖母の年金と僕の仕送りだけが頼りだと電話口で嘆《なげ》いていたけれど、家にいる時間が増えた分、きっとテレビに熱中しているのだろう。いつもそうだ。母は常に、自分が夢中になれるものを探している。

僕が仕送りを増やすことを約束すると、母はたちまち上機嫌になり、食事を終えるまでひたすら喋りつづけた。

「それで、京都にはいつまで居られるの？」

「明日には戻るよ。学校もバイトもあるし」

「ふうん。もっとゆっくりしていったらええのに。そうや、明日の夜にはお祭りもあるし、おばあちゃんと三人で遊びに行こか」

祖母は素知《そし》らぬ顔で自室に戻ってゆく。母から逃げるように、僕も浴室へ向かった。シャワーを浴びたあと、寝室として使うよう言われた物置部屋に荷物を運びこむ。狭い部屋は、ろくに掃除もされていないのか、埃と脂《やに》の饐えた匂いがした。

古いマットレスに寝転がると、ベニヤの天井が目に入った。この部屋は、昔まだ父がいた頃、両親と三人で住んでいたアパートの部屋に似ている。

父は漁師だった。外国の血がまじっていたのか、栗《くり》色の髪と淡い色の目をもっていた。昼間はたいてい賭《か》け事をしているか、どこかで酒をのんでいて、たまに漁に出かけては、腐肉にも似た磯《いそ》のにおいを漂わせて帰ってきた。白昼のホテル街で女性と歩いているところを見たと、見知らぬ男たちに甲高い声で囃されたこともあった。

家計の大部分は、母が駅の清掃スタッフとして働いて支えていた。父が家にいた頃、母は僕にほとんど関心がないようだった。僕の前でもかまわず、べたべたと父にまつわりつき、指や首筋にふれてくちづけをねだる。けれど父の浮気が村じゅうの噂になり、家にも帰ってこなくなると、母は僕にかまい出した。

宿題は、母が全部やってくれた。放課後、外に遊びに出ることは許されず、入浴も眠るときもずっと母といっしょだった。「あんたはパパに似て顔が整っとるから、なんでも似合うわ」とお金もないのに女の子用の服を買ってきては、僕に着せて写真を撮った。画像はフィルターで美しく加工され、ブログにアップされた。日々の閲覧数で母は一喜《いっき》一憂《いちゆう》し、記事へのアクセスがあまり伸びなかったときは僕の分の食事を用意してくれないこともあった。

一方で、文化祭で僕が端役《はやく》を演じていると、「もっと目立つ役やらせてあげてよ」と先生たちに詰め寄っていた。おかげで、学校じゅうの生徒が母のことを知っていた。授業参観の日は、先生たちは腫れ物に触るように僕に接し、クラスメイトたちは無言でにやにやと僕を見た。

　母は自分の愛したいときだけ、自分の愛したいように、僕を愛していた。母に反抗したり、拒んだりすると、とたんに無関心になる。しばらくすると何事もなかったように近づいてくるけれど、態度が豹変《ひょうへん》するのが恐ろしくて僕は抗《あらが》うことをやめた。

　たぶん母は、なにかに熱中することで、自分をこの世に繋ぎとめているのだ。対象はなんでもいい。夫でも、息子でも、ブログでも、テレビショッピングでも。とにかく、我を忘れるほど夢中になることができればそれでいい。対象のことで頭をいっぱいにして、自分をつねに昂揚《こうよう》の状態に置いておく。そうして、ゆるやかに貧窮《ひんきゅう》してゆく家計や、何ヶ月も帰ってこない父のことから目を逸らしつづける。それが母のやり方だったのだろう。

　母といる時間が長すぎたせいで、僕は自分からだれかに話しかけることができなくなっていた。ゲームやアニメの話についていけず、遊びに誘われてもどうすればいいのかわからない。

　田舎は狭い。数少ないこどもたちは差異に敏感で、言動も荒かった。おなじ小学校の生徒だけではなく、近所の中学生や高校生からも、僕は嫌がらせを受けた。虫の死骸を机に積まれたり、制服にライターで穴をあけられたり、出会い頭に卑猥《ひわい》な言葉で罵《ののし》られたり。

　――茂木くん、先生からも嫌われてるんだよ。知らないの？

　――お母さんが、茂木くんと遊んじゃだめって言ってた。

　――こっち見んといてよ。気持ち悪《わる》。

　みんな、蠅《はえ》が死骸にむらがるように僕に集《たか》った。家でも、学校でも、僕は人間ではなく、それぞれ過剰な愛と過剰な憎悪の対象として扱われた。執拗《しつよう》に愛され、過分に憎まれ、たくさんのものが削ぎとられていった。

眠れずに目を開けると、窓から射す月光の筋のなかに埃が舞っているのが見えた。空気が乾いているせいか、無性に喉が渇《かわ》く。階下におりると、部屋の電気は消えていた。奥の部屋から、母のいびきがきこえる。音をたてないようにそっと靴を履いて、家を出た。

複雑に入り組んだ路地を抜け、大通りに出る。古都の夜は、ぬるい水のにおいにみちていた。街を割って流れる広く浅い河のふちに、浴衣姿の観光客が鮮やかに群れている。対岸にならぶホテルやレストランの灯《あか》りが、水面に反射して粒々とひかっていた。

紅色、緋《ひ》色、金、橙《だいだい》。街の大気を仄かに染めるひかりをみていると、遠い夜の記憶がよみがえってくる。その後の人生をまるごと変えた夜。

その日は、めずらしく父が家に帰ってきていた。母はたちまち僕を放り出して、父にしなだれかかる。僕は家を逃げ出した。ちょうど夏祭りの夜で、ひかりに吸い寄せられるように神社へ向かった。

血の滴《したた》る赤い月のもと、海辺の神社でくりひろげられる祭りの様相は、絵本で見た地獄のカラフルなミニチュアめいていた。篝火《かがりび》の薪《たきぎ》がくずれる音と、つくりたての飴の熱いにおい。一夜しかもたない金魚の尾びれが水面にひらめき、女たちの艶《つや》めいた呼気があまく充満する。わらう子どもたちの影は巨きくひろがり、盆踊りに興じるひとびとの輪郭がいびつに妖《あや》しくゆらめく。どの顔もみな等しく赤いひかりに濡れて、鬼のようだった。

きてはいけない場所に足を踏み入れてしまった気がして、僕は石灯籠《いしどうろう》の陰に坐りこんだ。

――大丈夫？

ふいに隣から声がして、息が止まるほど驚いた。夏のさなかにもかかわらず黒く暑そうな服を着た男が、僕とおなじようにしゃがみ込んでいる。

――気分悪くなっちゃった？　これ、あげるよ。

男は手元のラムネをあけて、僕に手渡した。おそるおそる受け取ると、男が微笑む気配がした。

――きみ、地元の子？　おれはここに映画を撮りにきたんだ。祭りがあるってきいて来てみたけど、やっぱり田舎だな。味はあるけどね。

――僕はこわい。地獄みたいで。

思わずつぶやいたそのとき、積み重ねられた藁《わら》の束に火がつけられた。焰は撒いてあった油を吸ってたちまち高くふくらみ、頑強な一本の柱頭のようにそびえたった。辺りが煌々《こうこう》と照らされて、隣の男の顔があらわになる。

彼は、獣の目をしていた。今まさに獲物《えもの》を見つけたばかりのぎらついた目で、僕の顔を凝視している。

火の粉が降りそそぐなか、男は乾いた唇を舌で舐めた。

――地獄か。そうだね。この世は地獄だ。どこで生きるにしてもそうだ。でも、おれのいる地獄は、ここよりずっと恐ろしくて、ずっと美しい。

男は立ちあがり、振り向いて手をふった。すると、どこにいたのか大人たちが数人あらわれた。彼らとなにか喋ったのち、ポケットから黒い小さなケースを取りだす。男は僕の前にしゃがむと、ケースから白い紙を抜いてこちらにさしだした。

——おれの映画のオーディションをうけてほしい。おれはきみと仕事がしたい。おうちのひとと相談して心が決まったら、電話をかけておいで。

僕はまだ七歳で、彼の言葉の意味をすべて理解できたわけではなかった。ひとつだけ確かだったのは、この小さな地獄から抜け出し、さらに巨きな地獄に飛びこむことを、僕は自分で選ばなければならないということだった。僕をここから救いだせるのは僕しかいない。そのために利用できるものは、すべて利用する。

翌日、僕は小学校の公衆電話を使って、彼に——漆谷に電話をかけた。

信号機の赤色が、熾火《おきび》のようにゆっくりと明滅している。いつのまにか人通りは絶え、街は夜の底で仮死したように静まり返っていた。重たげな扉を閉ざした寺院を過ぎ、坂道をくだる。河べりまでおりてくると、水のにおいが濃くなった。

電話のあと、漆谷はスタッフに指示し、迅速《じんそく》に手続きを進めてくれた。正式な書類の送付、交通費やその他費用の支給、そして、母への説明。

書面では納得しない母のために、監督自身が家まで訪ねてきてくれさえした。最初は詐欺《さぎ》ではないかと疑っていた母も、漆谷が助監督をつとめた映画のタイトルをきくと、態度を一変させた。

——そうですか。あたしもこの子には何かがあると思って、大事に育ててきたんです。ぜひ、使ってやってください。

初秋のつめたい雨のなか電車に乗り、ターミナル駅まで迎えにきてくれていたスタッフとともに新幹線で東京へ向かった。オーディションのことは、緊張していたせいかよく覚えていない。大人たちの質問にいくつか答えて、立ったり、坐ったり、渡された台詞を読んだりした。合格したあとに、実はほかに何百人もの子役から応募があったのだと漆谷からきいた。

——本当は、最初からきみに決めていたんだよ。一目惚《ぼ》れだったからね。

——じゃあ、どうしてオーディションをしたんですか。

——くらべたかったから。

漆谷はそう言い、あかるく残酷に微笑んだ。

——でもやっぱり、瞳介くんの顔がいちばん綺麗だったな。

そうして僕は、尾瀬にやってきた。バス停で僕を待っていてくれたのは、戊井さんと帆波さんだった。部屋みたいに大きな車に乗せられてロケ地まで行くと、何十人ものスタッフたちが拍手で僕を迎えてくれた。

かれらは一人のこらず、僕の味方なのだと思った。こんなにたくさんの大人たちが、僕がここにいることをゆるしてくれている。僕は受け入れられ、歓待されている。

戊井さん。帆波さん。そして、浮遊子。みんないい匂いがして、優しくて、僕はずっと笑っていた。いっそ、映画のなかに棲んでしまいたかった。そうしたら、あの海辺の村に、現実に、戻らなくて済む。永遠にここにいたい。いつまでも、いつまでも、この物語がつづけばいいのにおわらなければいいのに。

枯草《かれくさ》を踏みしだいて河の流れに近づく。夜の闇というより、鬱蒼《うっそう》と茂る植物のつくる陰と呼気で、視界はじっとりと暗く澱んでいた。コンクリートで造形された水の流れは、底部に堆積した苔や小魚の死骸のにおいを含み、闇の底を滔々と這ってゆく。橋の下の草木は、ひときわ高く暗く繁茂していた。コンクリート製の岸辺に腰をおろすと、濡れた草のにおいがむっと濃くなった。

辺りにひとの気配はなく、さざめく虫の羽音だけが空気をかすかに震わせている。

あの沼地と、よく似た匂いだ。『アイリス』のラスト、ボートに乗った兄妹が夜の沼を漂うシーン。枯草と泥のにおいのなか、古いボートの底で兄妹は眠りに落ちる。

撮影したときのことは、今でも鮮明に覚えている。湿った木材の感触、すぐそばにいる浮遊子の体温、ひんやりした薄明《はくめい》の空気の肌ざわり。漆谷監督は、「ほんとうに寝てしまってもいいよ」と言い、浮遊子は寝息をたてていた。僕は完全に眠りに落ちることはできず、けれど覚醒しているとも言い切れない曖昧な意識で、ぼんやりと横たわっていた。

睡《ねむ》る「兄」の役と、起きている僕自身の思考の輪郭が、かさなり、離れ、またかさなる。現実とフィクション、意識と無意識の境界線が、淡く溶けてまざりあい、からだごと深く沈んでゆく。うす暗い沼地のにおい。甘く芳醇な、死のにおい。

『アイリス』の撮影が終わった日、盛大な拍手の雨のなか、僕は漆谷監督からどっしりとした巨大な花束を手渡された。

白いトルコキキョウ、くちなし、白百合《しらゆり》、白いアンスリウム。白とみどりでいろどられた、濃密な匂いのかたまり。まるで、撮影の舞台だった尾瀬ヶ原の模型のようだった。宮城に持ち帰った花束は、けれど潮風にあたったせいか、数日も経たずに萎《しお》れてしまった。ひしゃげた白百合の、甘く凄艶《せいえん》な臭気を今でもおぼえている。

映画の初号試写会に招《よ》ばれた母は、どこで買ってきたのか、見たこともない鮮やかな紅いドレスで現れた。驚く人々を横目に一番前の席に陣取り、食い入るようにスクリーンをみつめていた。

――人生は、この世界に何かを残すためにある。どんどん仕事を受けなさい。あんたは映画に出るために生まれてきたんよ。

帰りの新幹線で、母はそう言った。

――慎重にやりなさい。一度。たった一度の選択を誤っただけで、人生は変わる。あたしはあのひとを選んでしまった。それが失敗だった。失敗したら、それでもう終わり。ぜんぶ終わりなんよ。

もとは経済的に豊かな家に育った母は、旅行先の宮城で知り合った父のもとへ転がりこみ、京都の家からは半《なか》ば勘当《かんどう》されていた。あのひとを選んだことはあたしの人生で最悪の選択だった、とことあるごとに母は洩らしていた。浮気をされ、足蹴《あしげ》にされ、それでも愛することをやめられず、父が帰宅するたびにお金を渡しつづけていた。

高みから落下する痛みを、今では僕も知っている。『アイリス』のあと、僕はせっかく依頼された仕事を自らの手で台無しにしつづけた。

目に見えて仕事が減ってゆくなか、母は僕に何度も怒鳴った。阿呆《あほう》、なにやってんの。自分で自分の首絞めて。

母は次第にひずんでいった。僕の教科書や筆箱を捨てたり、夜中に急に叫び出したり。太腿や腕を抓《つね》りあげられることもあった。

もう限界だ、と思った。これ以上いっしょにいたら、ふたりとも、ほんとうに壊れてしまう。芸能の仕事からも、母からも離れて、まともに生きたいと思った。戌井さんに相談し、大学に行くことを決めた。母には結局最後まで反対され、戌井さんに保証人になってもらってアパートを借りた。

出発の日、母はまるで子どものように泣き喚いた。「お金を送るから」と説得すると、母はしぶしぶ涙を拭った。

——絶対に送金して。それが、あんたのあたしへの愛なんやから。目に見える愛なんやから。

気づけば、山の輪郭がうす紫色に滲んでいた。じきに夜が明ける。服についた夜露をはらって立ちあがり、河に沿って歩きはじめる。大通りを渡って路地を抜け、つきあたりの家のドアをひらく。獣の呻《うめ》きにも似た鼾《いびき》が、狭い家じゅうにひびきわたっていた。襖《ふすま》をあけると、ほつれた毛布にくるまって母が眠っていた。皮脂で湿った髪が、ぺったりと額にはりついている。落とし切れていない目元の化粧が、瞼を黒く滲ませていた。

眠る母の枕元に膝をつく。自分の財布から紙幣をすべて取り出して机に置いた。かつて、母が父にしていたように。

数枚の紙片。その軽さを、やるせなさを、惰性に似た情を、今では僕も知っている。

一方通行でひとりよがり。奥行きも厚みもない、表面だけのやり取り。でも、僕も母も、ほかにやり方を知らないのだ。

母のことを憐れだと思うとき、たぶん僕は、僕自身を憐れんでいる。

ドアをあけて外に出ると、空が灼けていた。東のほうから滲みだしてきた血の色の光が、夜を端から染めている。

今ならわかる。僕がほんとうに帰りたい場所は、母の暮らす京都の家でも、子ども時代を過ごした宮城でも、東京の狭いアパートでもなかった。僕の故郷は、『アイリス』だ。あの二時間とすこしのひかりのなかに、僕の生まれた場所がある。

「先週からパパが家にいるの。だから帰りたくなくて」

　小皿に辣油《ラーユ》を垂らしながら、浮遊子が言った。どっかり置かれたジョッキの中の青島《チンタオ》麦酒が、白茶けた蛍光灯の光を受けて、毒々しいほどあざやかに照っている。

「瞳介も実家帰ってたんだよね？　お母様は元気だった？」

　仕送りの増額をねだられたとも言えず「うん、まあ」と濁し、運ばれてきた餃子《ギョーザ》に箸を伸ばした。浮遊子もそれ以上詮索《せんさく》せず、料理を口に運んでゆく。

　中華料理店の狭い店内は、地元の住民らしい普段着の家族連れや、汚れた作業服の男性で賑わっていた。油っぽい蒸気で空気は濁り、肉が焼ける音と異国の言葉が絶えまなく響いている。

　仕事で横浜に来てるんだけどごはんでもどう、と浮遊子に誘われ、大学帰りに電車に揺られて中華街へ向かった。着いたところで指定された場所は、ホテルのバイキングでも、観光客でごった返す有名店でもなく、路地に面した小さな個人店だった。

「ここならだれかに見られることもないでしょ。それにパパが家事代行スタッフにつくらせるごはん、薄味で。体に悪そうなもの食べたくなって」

　浮遊子は顔をしかめて、割箸を噛む。

　彼女の父親に会ったことはないけれど、ネットではよく名前を見かける。毒舌映画批評家として、あちこちに批評やエッセイを寄せている。

　前に、ラジオのインタビューで話している声を聞いたことがある。『アイリス』についてのレビューを漁《あさ》っていたとき、たまたま音源を見つけたのだ。

——話題沸騰の『アイリス』ですが、梨島さんはもうご覧になりました?

——観ていません。

——あれ、そうなんだ。たしか娘さん、出ていらっしゃいますよね?

——観ていないので、言うことは何もありません。

——あいかわらず辛辣ですねえ。漆谷監督の過去作品はどうですか?

——デビュー作の『泡とコンクリート』は観ました。あれは、ほんものの映画ではない。映画に似た何かです。漫画やアニメーションに近いかもしれない。とにかく、映画では決してない。

——若手の監督の中では、最近かなり注目されているようですが。色彩豊かで、構図が美しい。どの場面で切り取っても絵になると、著名人からも絶賛されています。

——おそらくあの監督は、自分が本当はなにを表現したいのかわかっていない。からっぽなんです。中途半端なんです。演出もストーリーも。映画に憧れた映画もどきしかつくれない。今後も私が彼の作品を観ることはありません。

——あはは、ひどい言いようだな。まあ皆さんご存じのとおり、梨島さんはいっつもこういう感じなんで。興味のある方はぜひ観てくださいね。

浮遊子のことが嫌いだから貶《けな》している、というより、批評家という職業上の視点から見て心底興味がない、という印象だった。僕の母のように、感情に任せて怒鳴りつけるのではなく、理性的に、徹底的に、淡々と否定している。

「家で、お父さんとどんな会話してるの?」

「会話なんかしないよ。ごはんの時間も寝る時間もばらばらだし。物音とか咳払いで、気配を感じるだけ。ふだん一人で過ごしてるから、それがうっとうしくて」

油でこってりと濡れた唇に、浮遊子は次々と餃子を運ぶ。

「昔から嫌いだった？」

「嫌いっていうか、苦手なの。決めつけるような喋り方とか、自信過剰な考え方が好きじゃない」

「『アイリス』を観る気はないって言ってるところも？」

そう言うと、浮遊子は「そうなの？」と首を傾《かし》げた。

「それはどうでもいいかな。パパが自分の研究や仕事よりもわたしを優先したり、贔屓《ひいき》する理由なんてない。おなじように、わたしがパパの意見を気にとめる必要もない」

自分の分の餃子をすべて平らげた浮遊子は、ジョッキをかるがると持ち上げた。金色の美しい液体が、白い喉の奥へとなめらかに注ぎこまれてゆく。

——たとえ家族でも、相手の仕事に口出しはしないこと。成功できないのは自己責任。

幼い頃、テレビのインタビューで浮遊子が口にしていた言葉が頭をよぎる。梨島家はずいぶんストイックだね、と大人たちは笑っていたけれど、彼女は真面目な顔をしていた。徹底した個人主義の家庭で育った、早熟の天才児。

最後の一滴までのみ干した浮遊子はつぶやいた。

「ママもそう。自分の世界に集中することは悪いことじゃない。ふたりにはふたりの世界がそれぞれあるし、わたしはわたしだけの場所をもってる。各々《おのおの》が、各々の世界を勝手に深めていけばいい。みんな一人で戦ってる」

口元に泡をつけたまま、浮遊子は笑った。

「わたしたち、きっと家族に向いてないね」

それからは、僕たちは何も言わず、次々と運ばれてくる料理を食べつづけた。飢《う》えた動物のように。この世界で、自分自身を生き延びさせるために。


ひたすらのんで食べて、店を出る頃にはふたりとも頬が赤く上気していた。油ものをたくさん詰めこんだせいか、お腹の下の方がひどく重くて熱い。「おなかいっぱいーばくはつするー」と浮遊子は苦しげに笑っている。

ネオンのかがやく中華街を抜けて、どちらともなく港へ向かった。十月のつめたい潮風が、汗ばんだ皮膚をたちまち冷やしてゆく。巨大な城にも似た大型客船が、オレンジ色の光の粒を黒い海面に撒いていた。

禍々《まがまが》しく発熱する体を引きずって歩く僕たちの脇を、上等なドレスやスーツを着こんだひとびとが通りすぎてゆく。コートの上からおなかをさすりながら、「みんな、あのおおきな船に向かってるんだよ」と浮遊子が言った。

「船内では夜な夜な、贅沢な食事会がひらかれてるの。高価なおいしいものを少しずつ食べて、オーケストラの演奏にあわせてみんなで踊る」

「行ったことあるの?」

「うん。漆谷さんと」

あのひととパパは似てる、と浮遊子は言う。

「自分の仕事、自分の世界に、すべてを注《つ》ぎこんでいるところとか。ほんとうは、わたしに興味がないところとか。わたしも、漆谷さんから自分の欲しいものを勝手にもらってる。互いに互いを奪い合って、利用して、自分を充たしてる」

　船のデッキで、たくさんのひとたちが踊っている。ダンスする男女は、けれど遠くからみると、闘っているようにも見えた。ゆったりとした、優雅な戦闘。鈴なりの電球に照らされた舞台の下で、黒い海面が暗く果てなく沈んでいる。

「でも、瞳介はちがう。瞳介は、わたしから何も奪おうとしない。いつもわたしに与えてくれる。ほんとの家族みたいに。あるいは犬みたいに。見返りを求めない。だから安心して甘えていられる」

「甘くみていられる、だろ」

　浮遊子は微笑み、ふいにまっすぐ手を上げた。振り返ると、道の向こうからタクシーが近づいてくるところだった。微笑んだまま、浮遊子はつづける。

「来月からクランクインなの。しばらく撮影で忙しくなるから、瞳介に会っておきたくて」

「漆谷監督の新作か」

「そう。怖いけど楽しみ。明日も早くから打ち合わせなの」

　車に乗りこんだ浮遊子が窓をあけて、「お兄ちゃん」と呼ぶ。

「約束する。わたしのお兄ちゃんは、瞳介だけだよ。何があっても」

　彼女は腕を伸ばして僕の襟元をつかんだ。ぐっと引き寄せられ、一瞬、唇が重なった。

　浮遊子はいつも、平気で嘘をつく。

「じゃあ、またね。学校がんばって、お兄ちゃん」

すぐに手を離し、綺麗に笑う。タクシーはあっというまに見えなくなった。

残された僕は、手すりにもたれて海面を見おろした。くろぐろとした表面が、遠くの夜景の照り映えをうけて、幾条《すじ》もの細い光の線を編みこんだようにひかっている。ゆれる水面に、僕の顔がいびつに映りこんでいた。

漆谷監督の新作の話をかや乃からきいたとき以来、ずっと心臓の奥に抱えていた不安があふれだしてくる。

もし、漆谷監督の次作が、『アイリス』を遙かにしのぐ傑作になったら。

浮遊子の演技が、『アイリス』のそれより優れたものになったとしたら。

彼女の心があの作品から——僕から、離れてしまう。

ごぶ、と鈍い水音がした。顔をあげると、豪華客船がゆっくりと夜の海へ滑りだすところだった。悪夢めいたカラフルな光をゆらめかせ、娯しげな音楽とともに船は進んでゆく。暖色のひかりの層の底では、躁《そう》めいた騒ぎがくりひろげられているのだろう。選ばれたひとびとのみが参加できる、虚しいくらい贅沢なカーニヴァル。浮遊子の棲む世界。ただの学生にすぎない僕には覗き見ることすら許されない、上流の世界。

浮遊子からみれば、僕は怠惰なのだろう。きっと、彼女にはわからないのだ。どれだけ努力しても、あがいても、夢を叶《かな》えたあとの世界で生き残ることができない人間がいるということが。出し惜しみなどではなく、ほんとうに、なにもかもが僕のなかで尽きてしまったのだということが。あるいはすべてわかった上で、才能の残骸である僕を、無害であるという理由だけで傍に置き、愛玩《あいがん》している。

屈辱だった。惨めだった。「お兄ちゃん」と呼ばれるたびに、辱めを受けている気分になった。浮遊子の兄を演じることと――浮遊子とおなじ舞台に立つことなど、もう二度とできないのだから。

それでも僕は浮遊子といる。

自分の自尊心を、みたすために。

テレビにも映画にも出ずっぱりの有名人が、ほかのだれでもなく、僕と過ごすことを選んでくれている。僕は浮遊子に執着されている。そう自分に言い聞かせて、今にも頽《くずお》れそうなプライドをいびつに支えている。

ぼんやり海を眺めていると、ポケットの中の iPhone が震えた。発信元を見て、仕方なく耳にあてる。

「……もしもし」

『あ、茂木さん？　かや乃です。今ひまですか？　晩ごはん、作りすぎちゃって。良かったら持っていきますけど』

いつもどおりの明るい声が、鼓膜の奥でぱちぱちとはじける。鯨《くじら》の亡霊のような巨体を白くひからせて、祝祭の船はどんどん岸辺から遠ざかってゆく。すがるように、スマートフォンをつよく耳に押し当てた。

『もしもし、茂木さん？　どうしたんですか』

「……何でもない。十時ごろにきて」

短く応えて、通話を切った。駅に向かって歩きだす前に、一度だけ海の方へ振り返った。船はいよいよ遠ざかり、視界から消え去ろうとしている。ひかりが完全に見えなくなってしまう前に、僕は目を閉じた。

腹の痛みで目が覚めた。胃の底が、焼けるように熱い。内臓の位置がずれているような違和感。体を起こすと、額やこめかみに溜まっていた汗がぽたぽたと落ちてきた。カーテンの向こうで、雨音がひびいている。時計は午前十一時をさしているけれど、部屋は夕暮れを思わせる昏さだった。

部屋には僕ひとりしかいなかった。かや乃はもう帰ってしまったのだろうか。廊下に出た僕は、息をのんだ。玄関の床に、干乾びかけた惣菜《そうざい》が吐瀉物めいて散らばっている。ポテトサラダ、おひたし、肉じゃが。料理の残骸は、まるで息絶えたばかりの小動物のように、小窓から射すひかりの底で静止していた。

眺めていると、嘔気《おうき》がこみあげてきた。慌ててトイレに駆けこみ、何度かえずく。ゆれる水面をみているうちに、すこしずつ昨夜の記憶がよみがえってきた。

昨夜遅く、かや乃は僕の部屋にやってきた。僕は泥酔していた。玄関のドアを閉めてすぐ、彼女の首筋にキスをした。シャワーを浴びた直後だったのか、石鹸《せっけん》の匂いが鼻先をよぎった。「どうしたんですか、茂木さん」と困惑したように笑うかや乃を逃がさず、唇にくちづけた。バランスを崩した彼女が、手にしていたランチバッグを床に落とした。その拍子に容器の蓋が外れ、なかから色とりどりの料理があふれて宙に散った。

忘れたかった。浮遊子のことも、映画のことも、自分のことも。何もかも忘れて、ただ快楽の氾濫に身を任せたかった。そのままかや乃を押し倒し、焦《あせ》りに似た欲望に身を任せた。あとのことはあまり覚えていない。

のみすぎと睡眠不足で、頭がぐらぐらする。胃の中のものはすべて吐き出したのに、嘔気はまだおさまらない。下腹は熱をもち、内臓が重怠かった。

ぜんぶ夢であってほしいという僕の願いを、肉体は苦痛を以て裏切りつづける。このままもう一度眠りたかったけれど、かや乃に会って謝らないといけない。それに、欠席続きで単位のあやうい講義がある。廊下に散らばった惣菜もそのままにシャワーを浴びて、急いで大学へ向かった。

演習室のドアをあけると、基礎ゼミのメンバーが一斉に振り向いた。かや乃の姿はない。こまかな棘《とげ》にも似た視線が、つめたく肌に刺さる。席に着いてからも、部屋の空気が砕いた氷のようにささくれている気がした。

「瞳介、ちょっと」

授業の終わりを告げるチャイムが鳴って廊下に出ると、倫太郎に声をかけられた。基礎ゼミの学生が、ちらちらとこちらを見ながら歩いてゆく。早くかや乃を探しに行きたいのに。焦る気持ちを抑えて、仕方なく立ち止まる。

「なに？」

「今朝の講義で、かや乃の目が腫れてたんだよ。問いただしたら、瞳介の家に行ってたって。なんでもないって言い張ってたけど、そんなわけないよな？　かや乃に何したんだよ」

「倫太郎には関係ない。かや乃はどこ？」

いらいらしながらそう言うと、倫太郎はじっと僕を見た。

「前から思ってたけど、瞳介ってほんと、傲慢《ごうまん》だよな」

ずってんだよ」

「え」

呆気《あっけ》に取られて、間抜けな声が出た。倫太郎は淡々とつづける。

「かや乃がなんでお前のことを気に入ってるのか、俺には全然わからない。あいつはお前の物じゃない。自分だけは特別だとか思ってんの？　元子役だかなんだか知らねえけど、いつまで引きずってんだよ」

一瞬、何を言われたのか分からなかった。

腹の底が、かっと熱くなる。気づけば口をひらいていた。

「特別だなんて思ってない。僕には才能も実力もない。だから仕事も辞めたんだよ」

「辞めたなら辞めたで、自分のなかで全部すっぱり終わらせろよ。こじらせてぐちゃぐちゃの自意識晒《さら》して、恥ずかしくねえの？」

「だったら倫太郎は何なんだよ」

やめろ。それ以上言うな。

頭の中で響く声を無視して、僕は叫んだ。

「講義さぼって、ゲームして、女とつるんで、それだけの人生だろ。この世界に残るものを、何も生み出したことないくせに」

「……それ、本気で言ってんの？」

冷めた目つきで、倫太郎は僕を見下ろした。

「僻《ひが》みにしかきこえないんだけど。俺は今、幸せだよ。講義さぼって、ゲームして、女とつるむだけの人生が、楽しいんだよ。瞳介はそうじゃないだろ。お前には過去しかないし、過去は現在じゃない。お前は何も持ってない」

倫太郎はそう吐き捨て、踵を返して歩きはじめた。遠巻きに見ていたゼミのメンバーも、倫太郎といっしょに去っていった。全身の力が抜けて坐りこむ。震える手でiPhoneを取りだして、メッセージを打ち込んだ。

『かや乃。今どこ?』

既読を知らせるマークはつかない。頭が割れそうに痛む。いっそ気を失ってしまえば楽になれるのに、苦痛が邪魔をする。

——こっち見んといてよ。気持ち悪。

遠い昔、誰かから言われた言葉がきこえる。

わかっている。僕はあの頃から、なにも変わらない。傲慢で、利己的で、浅ましくて。そのくせ自信がなくて、捻《ひね》くれて、自分の殻に閉じこもって。

——プロになったって苦しいことばっかりで、いいことなんか一つもないよ。

——長くたのしく生きるための方法は、この世界には他にたくさん用意されてる。

そうかや乃に言っておきながら、ほんとうは誰よりも、自分の過去に執着しつづけている。目の前の現実から目を逸らすために、浮遊子を、かや乃を、自分の愛したいように愛してきた。利用してきた。

『ごめん。昨日は僕が悪かった』

『どこにいる、かや乃』

指の震えが止まらない。立ちあがることもできないまま、僕は廊下の端でいつまでもうずくまっていた。

　かや乃から返信がきたのは、それから数日後だった。

『すみません、風邪ひいてずっと寝てました。今日の夜、空いてます』

　かや乃の家に行く約束をしてから、僕はのろのろと布団から這い出た。倫太郎たちと顔を合わせたくなくて、あれから大学は休んでいた。話をきいてくれる友人もなく、数日間、僕は死骸のようにひたすら眠りつづけていた。

　支度をして外に出ると、思いがけずつめたい風が吹きつけた。商店街では至る所にランタンが飾りつけられ、行き交うひとびとが見上げて歓声を上げている。

　そういえばもうすぐハロウィンか、とぼんやり思う。街ぜんたいが油膜に浸されたように鈍く輝き、魔女や黒猫を象《かたど》ったイルミネーションがあざやかに明滅している。ビルの壁面にはいびつな南瓜《かぼちゃ》が投影され、こどもたちが甲高い笑い声をあげる。都市は悪夢にも似た躁状態に陥っていた。

　スーパーに寄って食料を買いこみ、アパートに着くころにはすっかり陽が落ちていた。チャイムを押そうとして、ふとノブに触れると鍵が開いていた。

　おそるおそるドアを押すと、声がした。

「あ、茂木さん。入ってください」

　部屋着のかや乃が、奥で手をふっている。

「体調は大丈夫?」

好 評 発 売 中

四六判並製
ISBN 978-4-488-02891-6
定価1,870円（10%税込）

砂村かいり
『黒蝶貝のピアス』

わかり合えなくても支え合おう。
全然違うわたしたちだから。

前職で人間関係につまずき、25歳を目前に再び就職活動をしていた環は、小さなデザイン会社の求人に惹かれるものがあり応募する。面接当日、そこにいた社長は、子どもの頃に見た地元のアイドルユニットで一番輝いていた、あの人だった──。アイドルをやめ会社を起こした菜里子と、アイドル時代の彼女に憧れて芸能界を夢見ていた環。ふたりは不器用に、けれど真摯に向き合いながら、互いの過去やそれぞれを支えてくれる人々との関係性も見つめ直してゆく。年齢、立場、生まれ育った環境──全てを越えた先の物語。

四六判仮フランス装
ISBN 978-4-488-02893-0
定価1,760円（10%税込）

雛倉さりえ
『アイリス』

人生の絶頂の、そのむこうの物語

映画『アイリス』に子役として出演し、脚光を浴びた瞳介は、その後俳優として成功できずに高校卒業前に芸能界をやめた。だが、映画で妹役を演じ、現在も俳優として人気を集めている浮遊子との関係は断てずにいる。過去の栄光が、彼を縛りつけていた。そしてそれは、監督の漆谷も同じだった。28歳で撮った『アイリス』は数々の賞を受賞したが、彼自身はそれ以降どれだけ評価を得ても、この作品を超えられないという葛藤を抱えていた──

「寝てたらだいぶ良くなりました。茂木さんの方が顔色悪いですよ」

　僕はかや乃にむかって頭を下げた。

「こないだはごめん。せっかくうちまで来てくれたのに、あんな……」

「いいですよ、気にしなくて。本気で嫌だったなら、こんなふうに会わないでしょ。あ、もしかして倫太郎に何か言われました？」

　答えられないでいると、かや乃はため息を吐いた。

「倫太郎の言うことは、気にしないでください。昔からああなんです。あたしのそばの男の人たちを勝手に品定めして、自分の気に入らない人は追い払おうとする」

　でも、と彼女は言う。

「倫太郎に何を言われても、今さらどうでもいいし、気にしません。もう子どもじゃないんだから。倫太郎もそれがわかっていて、気に食わないんです」

　スーパーで適当に買ってきたチキンステーキはやけに塩辛くて、水をたくさん飲みながら食べきった。食後は果実酒を片手にひろげたつまみを拾いながら、会話もなくテレビを眺めた。ぼんやりとまとまらない思考に、ニュースの音声がどんどん流れこんでくる。無差別殺人、虐待、汚職、事故、事件。

　かや乃がリモコンに手を伸ばす。とたんに、ぱっと画面が切り替わった。歌番組で、白や金のひかりで彩られたステージの上で、アーティストたちがうたっている。縁日《えんにち》で売っている、チープな万華鏡みたいな景色だった。

　かや乃は煙草を喫いながら、ぼんやりとテレビをみていた。まなうらに灼きついた、惣菜の残骸がよみがえる。倫太郎の言ったとおりだ。どうしてかや乃は僕を好いてくれているのだろう。どうしようもないほど浅ましく、みっともないのに。

彼女に対して僕ができることはあるだろうか。彼女の好意に応えること。今まで僕がしてきたことの責任を取ること。それがせいいっぱいの、誠意ではないだろうか。

「かや乃」

呼びかけると、彼女は烟を吐きながら僕を見た。

「僕と、付き合う?」

一瞬、かや乃の顔から表情が消えた。

さっと背筋が冷たくなる。言い方を間違えただろうか。

彼女は、ゆっくりと笑顔をかたちづくった。

「無理しなくていいですよ。茂木さんがあたしのことを、そういう意味で好きじゃないのはわかってます。それでいいんです。あたしはただの、茂木さんのファンですから」

「ファン?」

「そうです。無責任なファン。だから茂木さんは、何も気を遣わなくていいんです」

しばらく、何も返せなかった。かや乃の放った、ファン、という音の響きが、うまく意味と繋がらない。

「……でも、僕はもう俳優じゃない。才能もない。それなのに、ファンだなんて」

「ええ。全部わかってます。わかっていて、消費してるんです」

烟を吐きながら、かや乃は言った。

「あたしは茂木さんのファンとして、あなたの寂しさとか美しさとか、あなたの人生まるごと、ひとつのストーリーとして、憐れんで、娯しんでいます。他者として、茂木さんの物語に関われることを嬉しく思ってるんです」

だから、とかや乃は続ける。

「茂木さんも気にせず、あたしを使ってください」

テレビの中でアーティストたちが退場し、かわりに大勢の女の子たちが笑いながらステージの上に駆けあがってゆく。観客たちが、叫ぶというより吠《ほ》えるように、けもののように、アイドルの名前を呼んでいる。

「こんなの、まともな関係じゃない」

かや乃は優しく微笑んだ。

「今更なに言ってるんですか。最初からずっと、そうだったじゃないですか」

するりと白い腕がのびてきて、僕の首にふれた。思わず身をこわばらせると、かや乃は安心させるように笑った。

「本当に、かわいそうなひと。茂木さん。だいすき」

つめたい指先が、耳のふちをくるりとなぞる。金髪が皮膚にこすれてくすぐったい。唇と唇がかさなって、熱い舌がのびてきた。遠くで音楽が鳴っている。指で鼓膜をふさがれて、自分のなかで響く水音で頭がいっぱいになる。

かや乃の肩越しに、ちかちかと明滅するテレビ画面が見えた。祭壇にも似たステージで、アイドルたちが踊っている。客席では、おびただしい数のサイリウムが、地獄の焔のように美しくゆれていた。

神であり、贄《にえ》のようでもある、若く美しい才能たち。幾千幾万ものにんげんたちに崇《あが》め奉《たてまつ》られる、天上の存在であると同時に、消費される娯楽でもある。時間が経つとともに忘れ去られる、商品としての才能。

アイドルとファン。作品と観客。天才と凡人。力関係はいつでもたやすく反転する。支配し、支配されるかれらのあいだに、いっときだけ結ばれる共犯関係。じわじわと傾いてゆく世界を見ないふりをして、何もかもを忘れたふりをして、誰もがひかりと音のなかで遊んでいる。

かや乃にふたたびキスされる。こたつが揺れて、缶が倒れる。アルコールの匂いがたつ。

「茂木さん。こっち見て。きもちいいことだけ、考えて」

幼いこどもをあやすように繰り返しながら、かや乃は服を脱いだ。滑らかな皮膚がまるで海のように視界いっぱいにひろがって、なにも考えられなくなってゆく。僕は目を閉じて、白い波に身をゆだねた。


それからしばらく、僕はかや乃の部屋で過ごした。セックスをしたり、映画を観たり、バイトに出かけたり、料理をしたり。かや乃は変わらず僕に優しく、僕もおなじように彼女に接した。少なくとも表面上は、僕たちはうまくいっていた。

おだやかな暮らしの暗部には、かや乃の言葉が泥濘のように澱んでいた。僕たちはどこまでも、互いに他者であり、利用しあう関係であるということ。可視化されたその澱みは、却《かえ》って僕を安心させた。

かや乃は僕を人間ではなく、「元子役」というコンテンツとして消費している。それでいい。まっとうに愛されても、何も返すことができない。責任も、覚悟もない。好きな間だけ、好きなものを、好きなように、僕から削いでいってくれる方が楽だ。日々を消費しているうち、気づけば年の瀬が近づいていた。北海道の実家にはほとんど帰省しないのだというかや乃に合わせて、僕も母にメールだけ送り、ふたりで年を越した。

年が明けても、浮遊子からの連絡はなかった。仕事で忙しいのだろうと僕は思い、こちらから連絡することもなかった。

大学が始まると、期末に提出するレポートの準備やアルバイトで急に慌ただしくなった。倫太郎たちと廊下ですれちがうこともあったけれど、向こうはちらりとも僕の方を見なかった。休み時間や授業後、僕は図書館の人気のない片隅で勉強に没頭した。欠席つづきの講義が多かったせいで、試験やレポートに力を入れないと危うい単位がいくつもあった。

昼間は講義に出て、夕方は図書館で勉強し、夜はかや乃の部屋に帰ってごはんを食べ、セックスをして眠る。休日はアルバイトか、かや乃と映画を観て過ごした。長い階段を降りてゆくように日々を繰り返しているうち、気づけば二月になっていた。テストもひと段落し、どこかに遠出でもしようかとかや乃と話しているとき、見慣れないアドレスから、一通のメールが届いた。漆谷だった。

その日は朝から吹雪だった。

昨日慌てて買った革靴は靴底がうすくて、雪を踏むごとに冷気が足裏を刺す。スーツの肩につもった雪を払って改札を通ると、人ごみで一気に酸素が薄くなった。呼気でぬるんだ空気で肺をふくらませ、大きくひとつ息を吐く。

ホームに出ると、目の前に掲げられた巨大な広告に、見慣れた顔が映っていた。

——漆谷圏監督最新作『海を配る』近日全国公開！　梨島浮遊子・野坂葵のダブル主演——

ファンらしい男性たちが、スマートフォンで浮遊子の顔を撮っている。その光景を眺めながら、僕は一週間前に漆谷から届いたメールの文面を思い出した。

『瞳介くん、久しぶり。来週、新作の初号試写と食事会があるんだけど、良かったら来てよ。浮遊子ちゃんや葵くんも来るよ』

行きます、と気づけば返信していた。映画の内容はもちろん、あいかわらず連絡のない浮遊子のことが気になっていた。

指定された会場は、かつて『アイリス』の試写会が行われたのとおなじスタジオだった。ロビーはすでに、たくさんの人で賑わっていた。スーツをまとって名刺を交換する大人たちを避けて、隅に立つ。しばらくするとアナウンスが流れ、奥の扉があいた。

ちいさな映画館にも似た試写会場の最奥、目立たない端の席をえらんで坐ると、拍手とともに漆谷が入場してきた。そのあとに葵がつづく。浮遊子の姿はどこにもない。

マイクを手渡された漆谷が、にこやかに口をひらいた。

「本日は皆さんどうも、お集まり頂きありがとうございます。『海を配る』は僕が何年も温め続けてきた作品です。こうして皆さんに見てもらえる日がくるのを、心から楽しみにしていました。主演のひとりである梨島浮遊子さんですが、本日は急な体調不良で残念ながら欠席です。葵くんには上映後にスピーチしてもらうので、どうぞお楽しみに」

盛大な拍手と、ざわめきが起こる。漆谷は微笑みを崩さない。

浮遊子。思わず立ちあがろうとしたとき、視界が闇にのみこまれた。人工的につくられた夜のなかに、乳白色の絵画が浮かびあがる。

そこに、浮遊子がいた。歩いて、笑って、喋っていた。

眩暈《めまい》がしそうな光景だった。ほんものの浮遊子は、ここにはいない。体調不良、と漆谷は言っていた。熱があるのか、臥《ふ》せっているのか、それとも本当はなんともなくて、家でケーキを食べているのか。彼女が生きているのか死んでいるのかすら、今の僕にはわからない。

にもかかわらず、目の前には浮遊子がいた。それは紛《まぎ》れもなく浮遊子であり、同時に浮遊子ではなかった。浮遊子の横顔や、髪や、ゆびや、いろいろなからだの断片が次々に映されて、希釈された血液のような、赤みがかったひかりに漂っていた。限りなく浮遊子に似た、けれど生きてはいない、幽霊にも似た存在。

浮遊子は『アイリス』を超えたのだ。

そう、僕は直感した。

ほんものの浮遊子の不在と、にせものの浮遊子の実在が、スクリーンの薄い皮膜のうえでいろとりどりの光のながれとなって循環し、もつれあう。現実と虚構が、生と死が、美しい紋様としてプロジェクタから分泌され、一瞬の景色をかたちづくってはほどけてゆく。

僕はただ前のめりになって、ひかりのうみに体をうずめた。ほんものの何倍も巨きな浮遊子が、眼前でわらっている。

まるで、神に愛されたこどものように。

声にならない声でつぶやき、巨大なひかりにむかって手を差しのべる。

「浮遊子」

両隣や前の席からも、おなじように腕がのびてゆく。浮遊子にむかってまっすぐ差しだされた、おびただしい数の手。彼女を崇める手。害《そこな》う手。幾多の手に、僕の手が埋もれてゆく。ゼリー状につらなった大衆に、どろどろと溶けてゆく。浮遊子を救えるのは僕だけなのに。彼女の肌にふれることをゆるされている、とくべつな僕の手なのに。

次の瞬間、ぱっと辺りが明るくなった。同時に、手と手が一斉に打ち鳴らされる。轟音《ごうおん》のなか呆然と見上げると、スクリーンは静かに凪いでいた。何も映じていない、誰もいない、白く枯れた無人の砂漠。

感嘆の吐息があちこちで洩れる。立ちあがった人びとによって空気がうごき、ひかりの余韻がかき消されてゆく。昂揚とざわめきをまとったまま、関係者の群れはマイクロバスに乗って食事会の店へ移動する。

小型のシャンデリアが、きららかな光の粒をフロアいっぱいに撒いている。壁際にずらりと並んだ西洋料理から、濁った湯気と脂のにおいがたちのぼる。すっごくよかったですね映画、ねー葵くんすごかった、わたし泣いちゃいましたよ、『アイリス』より面白かった、かならずヒットしますよ、ていうかぼくらがヒットさせましょうね、ぜったいに。ひとびとの騒々《そうぞう》しいざわめきが、鼓膜に残存していた浮遊子の声を、瞳の奥にのこっていた闇の色を、あっというまにひかりのもとに押し流し、消してゆく。

ふいに差し出されたシャンパングラスの、なかをみたす蜂蜜《はちみつ》色が浮遊子の瞳の色に似ている気がして、受け取った。同時に、漆谷の声が朗々《ろうろう》とひびきわたる。

「それでは皆さん、乾杯！」

歓声がとどろき、揺れるような拍手が湧いた。僕は呆然としたまま、拍手の底で立ちすくむ。浮遊子と漆谷も、この作品で『アイリス』を超えた。もっとも恐れていたことだった。これで浮遊子は、過去のひかりから解き放たれる。僕を置き去りにして。

空虚で豪奢《ごうしゃ》な祝祭の頂点、ひときわ大きなシャンデリアの真下に、漆谷と葵がいた。ふたりはまるで父子のように、あるいは恋人のように、ひどく親密に寄り添いあっていた。ときおり、ふたりにしか聞こえない声でなにかを言いあい、笑っている。

かつて、葵の場所にいたのは浮遊子だった。あるいは、僕だった。漆谷に、世界をつくった神さまに、いつくしまれ、愛されていたのは僕たちだった。

才能は、つぎからつぎへと生まれてくる。あたらしくみずみずしい、手垢《てあか》のついていない、透きとおった天才。監督は、観客は、かれらを愛《め》でる。最大限にいとおしみ、持て囃し、大事に扱い、それから次の才能に手をのばす。

グラスのなかで琥珀色の液体がゆれた。ぐっとのみ干し、近くのテーブルに置くと、硝子と木のぶつかる音が思いのほか大きくひびいた。談笑するひとびとをかき分け、まっすぐ歩いてゆく。漆谷は、新人監督らしい男性と喋っていた。顔をあげて僕に気づくと、笑顔で手を振ってみせる。

「瞳介くん、来てくれたんだ」

酔っているのか、彼は頬を真っ赤に上気させていた。瞳だけがいつもどおり、つめたく鋭くひかっている。

「映画、どうだった？　葵くん、美しかっただろう」

「あの、浮遊子は」

「ああ。やっぱり、葵くんと彼女は似ているよね。ほんとうの姉弟みたいだった」

「そうじゃなくて、今日、浮遊子はどうしたんですか。いま、どこにいるんですか」

漆谷はわずかに目を眇《すが》め、グラスに口をつけた。

「体調が悪いから休む、って連絡があっただけで、詳しいことはわからないよ」

「じゃあ、漆谷さんのところにはいないんですね」

一瞬、彼の口元から笑みが消えた。

「今はそっとしておいた方がいいと思うな」

漆谷監督、と女性の声がした。彼は急に僕に興味を失ったように、視線をそちらへ向け、高らかに喋りだす。

立ち尽くしていると、「おにいちゃん」と声がした。振り向くと、葵だった。料理の載ったテーブルの前で、行儀よく椅子に腰かけている。

「久しぶり。元気だった？」

膝を折って訊ねると、彼はフォークに突き刺した鴨《かも》のローストを差し出した。

「たべる？」

首を横に振ると、葵は残念がるでもなく、そのまま肉をじぶんの口に運んだ。

「浮遊子から、なにか連絡がきてない？」

「おとといの夜、メールがきてた」

僕はちらりと漆谷の方を見た。

「なんて書いてあった？」

「具合が悪いからパーティーには行けない、ごめんね、って」

ちいさな口をうごかしながら、葵が訊ねる。

「おにいちゃんは、まだここにいる？」

「いや、そろそろ出るよ。あ、もうすぐスピーチするんだっけ。緊張してる？」

「あんまり」

「さすがプロだね」

そう言うと、彼はうれしそうに笑ってみせた。

「じゃあ、また。元気でね」

葵は僕の顔を見て、静かに言った。

「おにいちゃんも」

どっと大きな哄笑《こうしょう》が響いた。たくさんのひとびとに囲まれて、漆谷が笑っている。心の底から、たのしそうに。幸福そうに。

僕は前に向きなおり、ひかりにみちた眩い世界をあとにした。

夜闇に雪片が舞っている。剝離《はくり》した皮膚にも似た、薄くこまかい都会の雪が、高層ビル群を背に飛びかっている。そのなかに、ひときわ高いタワーマンションが、不気味なほどの明るさでそびえていた。

食料の詰まったスーパーの袋を手にタクシーをおりた僕は、財布からカードキーをとりだした。昔、浮遊子におしつけられて不承不承《ふしょうぶしょう》受け取ったものだ。人目がないことを確かめてからエレベーターに乗り、高層階をめざす。眼下にひろがる都市の夜景は、まるで不定形の巨大な生物の皮膚を截《き》って内部をひらいたようだった。生きながらにして展翅《てんし》された、美しいばけもの。

廊下に敷きつめられた青い絨毯は、常夜灯に照らされて昏くひかっていた。一歩踏みだすたびに、足先が深く沈みこむ。部屋のドアの前までやってきた僕は、インターホンのカメラに映る自分の顔をみながらボタンを押した。もし浮遊子の親が出てきたら何と言おう、と今さらのようにぼんやり思う。すぐに、内側から鍵のひらく音がした。

浮遊子だった。ガウン型の毛布にすっぽりと身を包んでいる。フードのせいで顔がよく見えない。

「急に来てごめん。体調はどう?」

訊ねても、浮遊子は答えない。髪の隙間から覗く、異様にあかるく澄んだ左眼で、じっと僕を見つめている。

両親はいるかと訊くと、首を横に振った。浮遊子を居間に押しやり、塵《ちり》ひとつない清潔なシステムキッチンでかんたんなスープを作った。高価そうな陶器を棚から借りてスープをそそぎ、リビングのドアをあけた。とたんに、植物の濃い呼気がむっと押しよせる。

間接照明が弱々しく壁を照らしている。部屋のあちこちに配置された大型植物は、まるでにんげんのように黒く静かに立ち尽くしている。浮遊子はソファに横たわっていた。

「熱があるのか？」

浮遊子はうすく目をあけ、曖昧にうなずいた。

たしか葵は、おとといの夜に浮遊子からのメッセージが届いたと言っていた。少なくとも二日前から、浮遊子は家にこもっていたことになる。

浮遊子はずるりとソファから落ちるように床に坐った。そのまま額を床につけてうずくまる。

「今まで、どんな作品に出てもだめだった。こえられなかった」

ごつ、と鈍い音がした。

二度、三度。骨の音。重たい頭が、ちいさな額が、なんども、なんども、床にぶつかる音。

「『海を配る』はこれ以上ないチャンスだったのに。今回こそいっしょに『アイリス』をこえよう、ってふたりで誓ったのに。やっぱりだめだった」

ごつ。ごつ。ごつん。耐えられなくなって、僕は後ろから浮遊子の身体を持ちあげた。額の薄い皮膚がくちゃりと縒《よ》れて、点々と血が滲んでいる。

ああ、と僕は安堵のため息を吐く。

どんなに美しくなっても、どんなにすばらしい演技をしても、やはり浮遊子は、『アイリス』から逃げられない。やりきれないほど浮遊子がかわいそうで、あわれだった。

「どれだけ頑張っても、ほんとは最初から少しも進んでない。ずっとあの場所にいるの。わたしは」

思わず、口角がゆるむ。のがれることなどできないのだ。僕も。浮遊子も。

浮遊子が、うつむいたまま呟く。

——たすけて。

直接性の絶望。くちびるの端から透明な涎《よだれ》がつたい落ちた。まつ毛の森にふちどられた、赤く濁った底のない沼がこちらをみている。まばたくたびに、深緋が濃くなる。ふかくなる。血の匂いが、泥の臭気が、鼻をつく。

どこまで逃げても追ってくる。カメラのレンズ。虹彩。花菖蒲の花。

アイリス——円く閉じた、僕たちの地獄。

「……ざまあみろ」

「え?」

妹の瞳が大きくひらく。何かを言おうとして半開きになった唇にくちづけ、穴に垂らすようにして舌を挿《さ》した。息ができないのか、浮遊子が苦しげに呻く。かまわず、もっと深く、さらに深く、舌をおしこむ。腹の底が、欲動で重く湿ってゆく。

そうだ。僕はずっと浮遊子の天才に嫉妬していた。彼女を崇め、彼女の演技を愛しながら、どこかで墜落《ついらく》を期待していた。

巨大な才能を身近に感じながら生きるということ。その幸福と地獄を知っている。浮遊子の肌にふれているときの優越感に似た悦楽と、彼女の活躍を目にするたびに奔《はし》る、炙ったナイフで裂かれるような嫉妬の痛み。

浮遊子は僕を見くびりつつ手元に置いて愛玩し、僕は自分の存在意義さえ丸ごと彼女にゆだね、勝手に快楽を得ている。互いに、ほんとうに欲しいものだけは手に入れることができないまま。

浮遊子と僕。そして、僕とかや乃。

それぞれ相手を見下して、弄んで、利用して、すがって甘えて、執着している。どうしようもないほど拗《こじ》れて、こんがらかった、いびつな家族。

――こんなの、まともな関係じゃない。

いつか、かや乃に向かって放った言葉を思い出す。

僕は浮遊子を。かや乃は僕を。ひとつのコンテンツとして、客席から娯しんでいる。娯しまれている。循環する悪夢の世界。

境界線は、いつ生まれたのだろう。観客席と舞台をわけるのは、劇場における位置の高低であり、差異だ。見上げ、あるいは見下すことで、両者はむきあう。視線は決してぶつからない。力関係の不均衡から、みる者とみられる者、たのしむ者とたのしませる者が分かたれる。

なら、と僕はおもう。差異がなくなれば、演者と観客の境界線は消えるはずだ。力関係を均すことで、みんなおなじ地平に立つことができる。呪いは解消され、僕たちの物語は、フィクションは、終焉をむかえる。

ぷちゃ、と音をたてて唇から舌を抜く。顔をあげると、浮遊子が怯えた目で僕を見ていた。安心させるように、ゆったりと微笑んでみせる。

「大丈夫。怖くないよ」

血のにじむ額をやさしく舐めてやる。背中を撫でているうちに浮遊子の瞳は徐々にとろけ、やがて安心しきって僕に体をゆだねてきた。華奢《きゃしゃ》な骨組みを傷めないよう、慎重に抱きしめる。

浮遊子を助けたい。

浮遊子が妬ましい。

どちらの気持ちもほんものだ。彼女の苦痛がひどく甘やかであることは間違いないけれど、そのように感じる僕自身の舌を切り裂いてしまいたいとも思う。

両極に位置する欲望を、同時に叶えることのできる方法を、僕はひとつだけ知っている。うまくいくかは分からない。どれだけの時間がかかるのか見当もつかない。けれど。

眠りに落ちた浮遊子の、右腕を持ちあげる。床に転がっていたiPhoneを手に取り、指の腹を画面に押しつけた。ロックの解除音が軽やかにひびき、くらやみの底に電子の水面が鈍くゆれる。

どこかで花の匂いがした。腐りかけた蕊の匂い。汚泥と枯草、魚の死臭。幾層にもかさなったにおいはふくらみ、ゆるくけだるく、部屋をみたしてゆく。仄暗い沼地の国。

体の末端から泥とまじわり、皮膚がにちゃにちゃと溶けてゆく。抱きあう僕と浮遊子の境目すらなくなり、わずかな隙間も細い粘液の糸で縫いあわされてゆく。


ぱしゃ、と水と水のぶつかる音がした。金魚が跳ねたのだろうか。

蓮《はす》の葉のあおい陰に、うすもののような赤い鰭が閃《ひらめ》く。頭上の蘇鉄が、空調の微風にあわせて、ゆったりと動いている。

水盤の池を過ぎ、繁茂した植物の迷路をとおりぬけると、テーブルがセッティングされていた。金色の髪が、密集した植物の景色のなかでひときわあかるく輝いている。

「ごめん、遅くなった」

向かいの席に腰を下ろすと、坐っていたかや乃がほほえんだ。

棕櫚の葉のはざまから、ほかの卓を囲む客の声が、葉擦れのようにさらさらと流れてくる。耳をすませても意味はひろえない。声は単なる音として、淡くゆるやかに宙に拡散してゆく。

「変わった場所ですね。こういうお店、どうやって見つけるんですか？」

「……前に一度、知り合いに連れてきてもらった」

そう答えると、かや乃が何か言いたそうに僕を見た。すぐに視線を逸らし、茶を口に運ぶ。

客たちのざわめきをきくともなしにきいていると、いくつかの小皿がはこばれてきた。揚《あ》げた豆。瓜とえびの和《あ》えもの。煮込んだ肝臓。それから、陶製の美しい茶器。うつわを手に取って茶を含むと、舌の上であまく芳ばしい香気が綻《ほころ》んだ。

「前に文学部の授業を聴講したことがあるんですけど」とかや乃が口をひらく。

「ギリシャ神話の話がでてきて。アイリスって、虹の女神の名前でもあるんですね。アイリスはイリスで、虹彩の英名だし、花菖蒲の呼び名で、神話にもでてくる。なんだか語感がたのしいですね」

歌うようにかや乃が言う。イリス。アリス。アイリス。七歳の浮遊子が、穴のなかにとびこむ姿をぼんやり想像する。カメラのレンズの穴、あるいは虹彩の中心にひらいたかぐろい瞳孔を、どこまでも落ちてゆくこども。夢から覚めることができないまま、彼女は今も落下をつづけている。

「そういえばここ、地下がホテルになってるんだ」

スープをのんでいたかや乃が、顔をあげた。

「地下？　どうやって降りるんですか？」

「植物で隠されているけど、あの辺りに通路があって。行き止まりにある暗い階段を降りていくと、ドアが並んでる」

「……そうなんですか。全然気づきませんでした」

「迷路みたいな構造だし、完全予約制のプライベートなホテルだから。手続きすれば、誰とも顔を合わせずに部屋に入れる」

えびの盛られた大皿が、ごとりとテーブルに置かれた。ぷっくりと肥《ふと》った肉が脂に濡れてひかっている。

「だからここは、暗いんですね。きれいで清潔だけど、なんだか色気がある場所だと思ってました」

言いながら、かや乃は殻ごとえびを口にふくむ。甲殻《こうかく》類特有の甘みと表皮のざらつきを、ねぶるように味わう。くちびるの端から、たら、と体液がつたい落ちる。

上品に盛られた料理を口にはこぶ客の足の下で、どうぶつみたいにセックスしているひとびとがいる。今、この瞬間にも。

「あとで、僕らも降りよう。予約してあるから」

そう言うと、かや乃は口元を拭いながら微笑んだ。

臍《へそ》の窪《くぼ》みにたまっている浅い水を、ちいさなうみみたいだと思う。フロアランプのひかりをうけてさざめいている。舐めるとたしかに塩からい。

くすぐったいのか気だるげに振られた手首をおさえ、唇をふさぐ。シーツのふちが金色に縫い取られたようにこまかくひかって、毛羽が透けているのが見える。唇を離すと、かや乃がうすく目をあけた。瞼の下から覗く、真っ黒な虹彩。ここにも水辺がある、と思う。

「ねえ、へんなこと、きいてもいいですか」

まだ湿り気を帯びている髪をタオルで拭いてやりながら「何？」と訊き返す。

「梨島浮遊子には今、恋人がいるんですか」

「いないと思うよ。どうして？」

「あたし、見ちゃったんです」

彼女はじっと僕を見た。

「さっき茂木さんを待っているあいだ、あたしの近くを通り過ぎたんです。彼女と、漆谷監督が」

髪を拭く手を止めて、僕はかや乃を見つめ返した。

「植物に遮られて、たぶん向こうからは見えてなかった。単に食事をしに来て帰るところかと思ったんですが、ふたりで通路の先に向かっていきました」

瞳の輪郭が、戸惑うように揺れている。

「いっしょに地下へ降りたんでしょうか」

あの日、くらやみの底でひかっていたiPhoneの画面を思い出す。煌々とかがやく、電子の水面。僕の瞳の上にもきっと、光の照り映えが揺れていた。

「ほんとうに、息が止まるくらいびっくりしました。梨島浮遊子はスキャンダルとは縁がないと思っていたから。しかもよりによって、新作映画の公開が発表されたこのタイミングで」

ずらりと並んだアイコンから、目当てのアプリを選んで起動した。いつも浮遊子が使っている、スケジュール管理ソフト。

「漆谷監督って、結婚されていますよね。これって不倫ですよね」

僕は絶句してみせる。

「茂木さんは、ふたりのこと、何も知らなかったんですか？」

「知らない。そんなこと何も、なにも知らなかった」

そうですよね、とかや乃が同情するように言い、僕はうつむいた。シーツに滲んだ体液の、円い染みが目に入る。演技をするのはずいぶん久しぶりだ、とぼんやり思う。

「茂木さんは、梨島浮遊子と友だちだったんですよね」

「友だちでも、恋人でもない。でも好きだった」

僕はサイドテーブルの煙草に手を伸ばした。火を点《つ》けて烟を吸い、吐く。シーツの上に、淡いレース模様にも似た烟の影が、もつれながら流れてゆく。

「かや乃は、僕の味方？」

「あたしは、もちろん茂木さんの味方ですよ」

僕は言葉を切り、わずかに逡巡《しゅんじゅん》するそぶりをみせる。

「……浮遊子を誑《たぶら》かした漆谷が許せない。世間に晒したい。彼がやっていることを全部、みんなに知ってほしい」

「でも三ヶ月後には、映画も公開されますし。梨島浮遊子は、業界にいられなくなるかも」

「浮遊子は悪くない。ぜんぶ漆谷のせいだ」

僕は、すこしのあいだ黙りこんだ。しばらく間をおいてから、ぽつぽつと苦し気に吐きだす。

「最初は誤解されたとしても、浮遊子はいつか復帰できる。それにこんな状態のまま作品に出演しづつけることは、ぜったいに浮遊子のためにならない」

　かや乃が、そっと僕の腕にふれた。

「それならあたしに任せてください。良い考えがあります。ふたりとも、この店に慣れているように見えました。いつか、また来るはず」

　あとすこしだ。

「そういえば」と僕は言う。

「今日って、金曜日だよな。毎月最初の金曜の夜、浮遊子は決まって予定を入れてる。もしかしたら、いつもここに来ていたのかもしれない」

　まつげの下で、黒い瞳が断続的に瞬く。きっと彼女は頭のなかで、ある計画についてしきりに考えをめぐらせている。

「でも、今はだめ。漆谷監督の新作が観られないのは、かなしいから」

　そう呟く彼女に、僕は言う。

「じゃあ、映画が公開されたあとなら?」

　かや乃は微笑んでみせた。いたずらを思いついた子どものように。楽しそうに。

　彼女の部屋にならんでいた、何台ものカメラを思い出す。僕たちを取り囲む、眼球のオブジェ。そのひとまたきで、すべてが終わる。レンズの前でしか生きることのできない浮遊子は、もうすぐ、レンズによって殺される。

　僕はかや乃の瞼にくちづけて、眼球の微かな蠢《うごめ》きを、舌で静かに味わった。

それからの三ヶ月間は、あっという間に過ぎていった。映画の宣伝で忙しいのか、浮遊子からの連絡はしばらく絶えていた。ときおりテレビで見かける姿はいつもとかわらず健やかそうで、あの夜の絶望は額の傷とともに完璧に隠されていた。

僕は淡々と日々を送った。家ではひたすら眠り、ときどき起きて学校やアルバイトに出かけ、かるい食事を摂って、また眠る。

まどろみの浅瀬をたゆたいながら、泡粒のような夢を見た。いや、夢じゃない。いつかの夏の記憶。かつてたしかにここにあった、けれど今はもうない時間の記憶。

制服を着た浮遊子が、じぶんの部屋のベッドに寝転がっている。あけはなたれた窓から、晩夏の甘くおもたい風がゆるりと流れて、白い布がひかっていた。

夏のおわり。いつの夏だろう、セックスはたぶんまだ、していない。僕たちはそれぞれの熱と退屈を持て余しながら、永遠に似た夕方をぼんやりと過ごしていた。

——ねえ、わたしの名前って、子っていう字が三回も入っているんだよ。

とうとつに、浮遊子が言った。

——浮、遊、子。ほら。いつ大人になれるんだろうって、名前を書くたびにおもうの。

言いながら、ほそい腕をまっすぐ真上にかざした。細い白いゆびさきが、斜めに射す夕陽のなかで、植物のようにゆっくりとゆれていた。

ひらひらと揺らがせたじぶんの手を、浮遊子はじっとみつめていた、まるでとうにうしなわれてしまったものをみるような、もう二度と取り戻せないものをみるような、そんなまなざしで、浮遊子は、じぶんのからだをみていた。

長い睫毛が光に透けてうつくしかった。白いシーツに横たわった白いこども。けざやかな黒髪と、幾重にもいろを含んだ瞳。金色の体毛。肌に透ける静脈。

守り崇めたい、とおもうきもちと、荒らしたい、というきもちが、まったく矛盾しないかたちで、きれいに融《と》けあって浮きあがってくる。

——お兄ちゃん、ねむたくなってきた。

浮遊子が言う。そこにいてね。わたしがねむるまで。

言ったそばからもう寝息がきこえてくる。ながい髪がシーツに散らばって、ちいさな顔を黒くふちどっている。纖《ほそ》い糸でできた檻《おり》に、ちいさな頭蓋が閉じこめられているみたいだ、とおもう。ふゆこ。浮かび遊ぶ子ども。あめだまのようなそのひびきを、くちのなかでころがす。

僕は不幸だった。ながつづきしない幸福のなかで、僕はいつも不幸だった。今は均衡を保っている僕たちの境界線が、いつかほつれ、くずれ、ばらばらに砕け散るとき。僕は思い出すだろう。部屋に射す夕陽を。僕を呼ぶかすれた声を。ひったりと閉じたちいさな瞼を。この情景のすべてを、きっとおもいだすだろう。そのとき、僕はきっと初めて幸福になれる。失ってはじめて、浮遊子を手にいれることができる。かんぺきな幸福を。

失って、はじめて。


腐った水のにおいがする。

油膜でぬらぬらと照り光る水面に、灰色の泡がうかんでいる。どうぶつの気配は絶え、にびいろの藻類がぬかるみの底でゆらめく。黒く立ち枯れた樹々が墓標のように突き立っているすぐ傍を、僕の乗るボートがゆっくりと過ぎてゆく。

どこかで、微かな声が響いた。

まるで呼び声のような、叫びのような、細く高い声。

ようやく、おわるのだ。待ちわびていた終末が、もうすぐここにやってくる。すべての書割が崩れ落ち、ひとびとは役を捨て、台詞をうしなう。景色は平らかに均され、演者と観客の境は消失する。ものがたりのおわりが、やってくる。

ボートに似たベッドの上で、僕は体を起こす。時計をみると、午前四時過ぎだった。スマートフォンをさわっているうちに、眠りに落ちてしまったらしい。雨音を縫って、呼び声がひびいている。

声は音だった。目覚ましでも着信でもないその甲高い電子音は、けたたましく勢いを増してゆく。ぺたぺたと廊下を歩き、裸足のまま玄関に降りて、ドアをあけた。

チャイムが鳴りやむと同時に、雨の音がいちだんとつよくなる。水滴まじりの風がつよく吹きこみ、僕の前髪をばらばらと巻き上げた。肌を打つ雨滴を拭って顔をあげると、浮遊子がいた。ぺったりと頬にはりついた髪の隙間から、ふたつの眼が覗いている。色のない、感情のない、どこまでも美しく透きとおった瞳。

僕は浮遊子を部屋に引き入れた。服を着替えさせ、髪を乾かしているあいだ、彼女はほうけたように宙を眺めていた。

「おにいちゃん」

「うん」

「ニュース、みた？」

「うん。みたよ」

iPhoneを起動させ、浮遊子の名前を打ちこむ。とたんに表示されたのは、一面のネットニュース。不倫。熱愛。既婚。監督と女優の、禁断の恋。ばかばかしいほど単純でわかりやすいストーリーとともに、どの記事にもおなじ一枚のモノクロ写真が載せられている。

うす暗い踊り場を横切るひと組の男女。階段の下は粗い粒子《りゅうし》の暗闇で塗りつぶされている。上方から射すひと筋の光に横顔を裂かれながら、ふたりはつまさきを闇に浸そうとしている。画質は粗く、焦点も合っていない。けれど確かな写真だった。ソースはSNSの匿名ユーザーの投稿で、ホテルの住所も添付されていた。

週刊誌のアカウントがこの投稿を取りあげたことで、炎はたちまち燃え広がった。そうして翌朝には、テレビやネットニュースにも写真が掲載されることとなったのだ。

——梨島浮遊子おわったな。

——せっかく売れ出してきてたのに、もったいない。自分で自分の首絞めてるじゃん。

——好きな女優だったけど、不倫はだめでしょ。しかも相手は監督って。最低。作品を汚さないでほしい。

——許せない。謝罪してほしい。

——やらかしそうな雰囲気はあったけどな。なんか危なっかしいっていうか。

醜聞《しゅうぶん》は、これまで浮遊子がつくりあげたどんな作品よりも、廣《ひろ》く遍《あまね》くゆきわたってゆく。どんなに精巧に演じた役よりも、なまなましい感触を以て僕たちの心の敏感な部分を擽《くすぐ》る。

菌《きん》類のように果てしなく増殖をくりかえし、浮遊子の咽喉をゆっくりとふさいでゆく、一枚の写真。

「どうしよう。お仕事ぜんぶ、なくなっちゃった」

笑みを含んだ声で、浮遊子が言う。言葉の端が、わずかに震えていた。

かわいそうな浮遊子、と僕は思う。

腕を広げるとすりよってきた。目が赤く濁っている。ろくに休んでいなかったのか、浮遊子はすぐに寝息をたてはじめた。ねむる妹を抱えたまま、僕はスマートフォンの画面を眺める。

写真は暴力に似ている。人を、時間を、身動きが取れないよう閉じこめて、晒し尽くす。他人が観賞し、犯すことができるように、対象物を拘束しつづける。永遠に。

あふれる罵詈雑言《ばりぞうごん》のひとつひとつをたんねんに目で追いながら、投稿されていた写真を保存した。どこにも署名はないけれど、この写真そのものが、撮った人間の存在をあらわしている。

――一回、たった一回でいいんです、なにか人の記憶にのこるものをつくってみたい。

いつかの言葉を、ぼんやりと思い出す。何千人、何万人ものひとびとが、彼女が撮ったことを知らないまま、かや乃の渾身《こんしん》の〝作品〟を目にしている。

今や、テレビも雑誌もネットも、ふたりへの中傷であふれかえっていた。妻帯者であるにもかかわらず、女優に手を出した映画監督として漆谷は徹底的に糾弾《きゅうだん》された。一方、浮遊子も既婚者であることを知りながら相手を誘惑したとして批判された。もとより浮遊子を嫌っていたひとびとはこの世のものとは思えないほど醜《みにく》いことばのつらなりを、あちこちに残していった。

皆、この仄昏い祝祭に色めき立っていた。客席がせりあがり、舞台が沈む。彼女を祀《まつ》り、崇めていたその両手で、ひとびとは浮遊子を断罪し、裁《さば》きながら見下ろして、蔑《さげす》んで、なおも消費しようとする。

僕たちはいつでも天才をさがしている。まだ見たこともない、若く新規な才能を目にしたがる。そうして財産として共有することで、たのしんだり、羨んだり、圧倒されたりして、貪欲に暇つぶしをする。

あたらしい才能を見てみたい。その欲望とおなじくらいのつよさで、僕たちは天才の落下を求めている。昇りつめた場所が高いほど、落下の速度も距離も増す。才能が枯れて病み、そうして僕たちのいるところまで落ちてくる、その惨く美しい軌跡こそが、天才の遺す最後の作品であり、極上のエンターテインメント。僕らがほんとうに見たい景色なのかもしれない。


ひっきりなしに鳴りつづけていた彼女の iPhone は一日も経たず充電が切れ、こと切れたように静止した。僕のベッドにまっすぐ横たわった妹は、日に日に透明になってゆくようだった。

生を一時停止して、ほとんど幽霊のようになった浮遊子のもとに僕は跪《ひざまず》き、ていねいに世話をした。あたらしいリネンのシーツを買ってきて敷き直し、スープをつくってひと匙《さじ》ずつ口にはこんだ。朝晩は身体中をくまなく拭い、浮遊子の好きな柘榴の香りのボディミルクで皮膚を湿らせる。そのくりかえし。

大きなうつくしい花を丹精《たんせい》しているようで、娯しかった。

あるいは、自分の手で縊《くび》り殺したにんげんの死体を、観賞している気分。

なにも知らない浮遊子は、白い咽喉をむぼうびに晒したまま昏々《こんこん》とねむりつづけ、そうしてある朝、とうとつに体をおこした。

「外に出たい」

「え？　でもまだ、出歩かない方が」

「買いものがしたいの。ちょっとでいいから」

おねがい、お兄ちゃん。耳元でささやかれ、ほとんど反射でうなずいた。帽子とマスク、それから着古した僕のパーカーを纏《まと》った浮遊子は、一週間ぶりに外に出た。

あかるい雨の朝だった。重たく柔らかな雨が大気全体を埋めつくし、景色を水彩画のように暈《ぼか》している。浮遊子はタクシーをつかまえると、百貨店の名を告げた。

車窓から射すひかりに照らされて、浮遊子の頰は白く粉っぽくひかっていた。髪の毛から、かすかにあまい、皮脂の匂いがする。鼻の下のうすい産毛が金色にかがやいている。

むしょうにいとおしくなって、蔽いかぶさってキスをした。妹はくすぐったそうに身をよじり、地獄のただなかにいるとは思えないほど朗《ほが》らかに笑った。

開店と同時に、浮遊子は百貨店に飛びこんだ。人形のようにおなじ角度で頭を下げる店員のあいだを駆けて、エレベーターでインテリアのフロアへ向かう。

その日、浮遊子はどれだけのお金をつかったのだろう。空気清浄機、北欧ブランドのフロアライト、おそろしく高価なハンドソープ、いつもの香水、深い青色の陶製マグ、コットンのインナー、フランネルのパジャマ、オーガニックのハンドクリーム。薄いカードいちまいで、浮遊子はすべてを手に入れてゆく。

「もう持ってるものも買うの？」

「うん。うちに取りに行くの、面倒だから。瞳介の部屋のなかにわたしの部屋をつくる」

たのしそうに笑う浮遊子の肌に、シャンデリアの硬質な光がぷつぷつと刺さっている。

まるで豪奢な監獄にいる気分だった。ここには醜いものは何もない。不必要なまでに贅沢で高価なものばかりあつめて蓋をした、宝石箱にも似た場所。

変装のおかげか、プロとしての矜持《きょうじ》なのか、店員はみな浮遊子の姿を見ても顔色ひとつ変えなかった。代価として金銭を支払うかぎり、この守られた場所にずっといられる。僕たちは世界に背を向けてふたりだけの巣をつくるために、店内を駆け回った。

翌日から、購入したものが続々と家に届きはじめた。奥の部屋に浮遊子を隠したまま、僕は淡淡とサインをし、箱を受け取って開封した。

殺風景な部屋が、すこしずつ浮遊子の世界に染められてゆくのを、僕は恍惚《こうこつ》として眺めた。むな苦しいほどあまやかな香気が、そこかしこから立ち昇る。彼女が気に入り、愛し、購ったもので、僕の空間が埋めつくされてゆく。

ひとまわり狭くなった部屋の中心にベッドを移動させ、僕たちの世界は完成した。


それからは昼も夜もなかった。

毛布やタオルや布団や、たくさんの布にくるまって、セックスしたり、ねむったり、おなかがすいたら配達サービスでピザやのみものを取り寄せて、寝ころんだまま貪った。そのうち陽ざしすらもうとましくなり、カーテンをあけることすらなくなった。

外界から完全に切り離された繭のなかでは、時間の流れも平生《へいぜい》とは異なった。あいまいに麻痺し、とろとろと引き延ばされた感覚のまま、たくさんの映画を観た。雨の降る夏の村で少年が少女を殺し、冬の日にプールの底で少年が女を殺し、波止場で女が男を突き落とし、バレエ学校のひみつは暴かれ、雪のなかで孔雀《くじゃく》は佇み、夕餉《ゆうげ》の席にばけものじみた猿があらわれ、宴《うたげ》の孤島はかなしいほど賑々しく海を漂う。

浮遊子は、それらの景色を延々とみつめていた。感動したり、怯えたり、涙を流したりはせず、ただ、眼のなかに滔々と古いひかりを流しこんでいた。フロアライトにうすぼんやりと照らされた洞窟《どうくつ》のような部屋で、いろとりどりの光を浴びて静止する浮遊子の横顔は、やっぱりどこか亡霊めいていた。彼女はあの嵐の夜、たしかに死んだのだ。そうして、光の幽霊であるともいえる映画に、今一度、魅入《みい》られている。

鏡合わせに対峙《たいじ》したスクリーンと瞳のあいだを、膨大な時間が、光が、傷口が、往来する。その距離のなかで初めて映画がうまれ、ひとときかがやき、死んでゆく。何度も何度もくりかえす。僕らはなにも所有できない。

ある日、かや乃が部屋までやってきた。

チャイムが鳴ったとき浮遊子は眠っていて、起きる気配もなかった。ネットで頼んだ食べものが届いたのかと思った僕は立ちあがり、確認もせずドアをあけた。

「茂木さん！　よかった、やっと会えた」

久々に見たかや乃は、すこし髪が伸びていた。反射的にドアを閉めそうになり、なんとかこらえる。

「どうして連絡くれなかったんですか。期末、全然学校に来てませんでしたよね。先生も、みんなも、茂木さんのこと心配してましたよ」

一気にまくしたて、それからようやく僕の顔をまともに見て息をのんだ。寝ぐせはずっとそのままで、髭《ひげ》ももうずいぶん剃《そ》っていない。ねむりがあさいせいで、眼の下は暗く翳《かげ》っているだろう。

僕は可能なかぎり優しく微笑んでみせた。

「ごめん。体調が悪くて。浮遊子のことは、ニュースになってる？」

「見てないんですか？　もう大騒ぎですよ。漆谷監督は全然コメント出さないし、梨島浮遊子は行方不明らしいですし。ねえ、あたしたち、だいじょうぶですよね。訴えられたり、しないですよね」

僕は心の内でため息を吐いた。早くかや乃を帰らせて、浮遊子のもとに戻りたい。

「大丈夫。誰にもわからない。それに、しばらくしたら新しいニュースが飛び込んできて、みんなぜんぶ忘れるよ」

かや乃はドアに手をかけたまま言った。

「なんかあたし、馬鹿馬鹿しくなっちゃって。あんな美しくもなんともない一枚の写真が、今まであたしが撮ってきたどんな作品よりもたくさんの人に注目されて、世間を賑わせてる。こんなふうに夢が叶ってしまって、これからあたし、どんな写真を撮ればいいんですか」

そのとき。ごとん、と僕の背後で鈍い音がした。

かや乃がすばやく顔をあげる。

「部屋、だれかいるんですか」

「だれもいないよ。なあかや乃、念のため今は僕たちは会わない方がいい。もうしばらくしたらほとぼりが冷めるだろうし」

「どうしてですか。あたし、茂木さんに……」

言いかけて、ふいに彼女は目をみひらいた。まるで、何かに気づいたかのように。

「わかりました」

かや乃は言う。

「あたし、これからも茂木さんのことを見ています。茂木さんのファンでいつづけますから」

はっきりと。澄んだ声で。刃を振り下ろすように。

「茂木さんの苦しみを、人生を、あまさずぜんぶ眺めて、たのしんで、消費します。覚えていてください。あたしは、あなたを忘れない」

かや乃がドアから手を離した。ゆっくりと扉が閉まってゆく。逆光で、表情がよく見えない。

眼前で音を立てて閉じたドアを、呆《ほう》けたようにしばらく眺めた。

「瞳介、きて」

後ろから声をかけられ、ようやく我に返った。

玄関の鍵をかけて部屋へ戻ると、ずぶ濡れになった床のうえに、浮遊子が所在なげにぺたりと坐りこんでいた。傍には二リットル入りの水のペットボトルが転がっている。コップに注ごうとして失敗したのだろう。

僕は浴室へむかった。蛇口《じゃぐち》をひねり、浴槽に湯をたっぷりためる。入浴剤を溶かして湯面を乳白色に染めたあと、浮遊子を連れてきて服を脱がせ、ふたりで浴槽に浸る。

「いまの、恋人?」

「クラスメイトだよ」

ちゃぷ、と浮遊子は口元まで湯に沈む。

「今頃どうなってるのかな」

「なにが?」

「梨島浮遊子っていう名前。いろんなことを言われつづけて、たくさんたくさん傷つけられて。これからどうしたらいいんだろう。どうしたら元にもどるのかな」

髪を指で梳《す》きながら、僕は口をひらく。

「もういいんだよ。もどらなくていい。どこにもいかなくていい。今ここにいて、息をしたり、映画を観たりしている浮遊子だけが、ほんとうなんだから」

言いながら、さっきのかや乃の言葉をぼんやりと思い出す。

——あたしは、あなたを忘れない。

救済と祝福にも似たその言葉は、僕にとっては呪いで、軛《くびき》だ。観客がいるかぎり、僕は『アイリス』から、過去の幸福から、芝居の世界から、逃れることができない。

ああ。ここは地獄だ。

みられつづけている限り、地獄はつづく。

ネット上でなお勢いを増してゆく浮遊子の地獄をおもう。浮遊子をたすけるために、僕がつくった地獄。どれだけ目を凝らしても見えないし、どれだけ目を逸らしても消えることはない。幾億もの手によってずたずたに裂かれ、傷つき血まみれになった浮遊子の姿が、多重露光のように重なり透けて見える。

浮遊子の肌に手をのばす。

ふれる。傷ひとつなく、柔らかくてあたたかい。そうだ。これが、ほんとうだ。すがるように、抱きしめる。

乳房に歯をたてると、浮遊子が呻いた。先端はまるで半透明のちいさな果物のようで、皮下の血管を透かして濃く紅く濡れている。指先で転がしながら、唇にくちづけた。

不可視の世界にぱっくりとひらいた傷口が、僕の罪が、一瞬ごとに止めようもなくひろがってゆく気がして、怖かった。もう元には戻せない。せめて浮遊子とひとつになりたくて、存在に分け入りたくて、肉と肉、皮膚と皮膚とを烈しくぶつけて、擦《こす》りあって、けれどどうしても一つにはなれなくて、ひたすら虚しい快楽をうむだけだった。

愛撫のあいだ、浮遊子は声もあげず、どこか遠くをぼんやりと見つめつづけていた。妹を求めて、すがって、触れて、けれどそのたびに、完全に存在を重ねることはできないのだと思い知る。傷口は元通りにはならない。あがくほど、よけいに深くなってゆく。


咽喉の渇きで目が覚めた。

目を瞑《つむ》ったまま、手探りでペットボトルを見つけだす。口に含むと、かすかに酸《す》い。開栓して何日目の水だろう。他を探すのが億劫で、そのまま飲み干す。

テレビの光が、天井に反射してちらちらとゆれている。浮遊子の姿はなく、微かにシャワーの音がきこえる。

昼も夜も暗く閉ざされた部屋の空気は清浄機のおかげで澄みとおり、ルームフレグランスの甘い香気がたえず漂っている。けれどたしかになにかが、腐りつつあった。

テレビの画面は絶えず発光しつづけているけれど、もうふたりとも物語を追っていなかった。こまぎれのカットが、光の刃となって僕の乾いた膚を削いでゆく。

水音にまじって、とぎれとぎれに浮遊子の声がきこえる。歌でもうたっているのだろうか。なにげなく浴室に近づいて、息を飲んだ。

浮遊子はだれかと、喋っている。通話している。

とても低い声だ。水の音が大きくて、ほとんどなにもきこえない。

僕はゆっくりとしゃがんで、ドアに耳をつけた。

「……わからない……でも……仕方ない」

きゅっと蛇口をひねる音がして、水音が止んだ。

「わたし、ずっと考えてることがあって。これならきっと……うん、わかった。また連絡する」

こちらへ近づいてくる気配がして、僕は慌てて居間へ戻った。タオルケットをかぶって、眠っているふりをする。ドアがあいて、浮遊子が僕のそばに腰をおろした。裸のまま、スマートフォンを触っている。

僕の部屋にやってきたとき青白く乾いていた彼女の肌は、いつの間にかもとの艶と弾力を取り戻していた。不規則な生活を送っているにもかかわらず、にきびひとつ見当たらない。

やがて浮遊子はスマートフォンを放り出し、ごろりと横たわった。すぐにちいさな寝息がきこえてくる。

僕は体を起こして、彼女を見下ろした。目を覚ましそうにないことを確認してから、力なく垂れた腕を拾って、スマートフォンに指を押し当てる。先ほどの通話履歴を確認すると、やはり漆谷だった。マネージャーとも頻繁に通話しているようだった。

かわいそうに、と思う。

僕に隠れて、僕に内緒で、なお外界と繋がろうと試みる浮遊子のことが、憎いというよりいっそ憐れだった。

この期に及んで、なにを話すことがあるのだろう。どんな作品も、『アイリス』をこえることはできない。『海を配る』で浮遊子も漆谷も思い知ったはずだ。『アイリス』の幸福を克服しようとするその営み自体が、むなしい行為だということを。

怒りに近い憐憫が込みあげてきて、息が苦しい。自分のiPhoneを拾いあげ、ひさびさにSNSを起動させる。浮遊子の名を打ちこんだとたん、誹謗中傷のコメントが目に飛び込んできた。嵐はまだ収まっていないどころか、彼女が消息を絶ったことでますます酷《ひど》くなっている。

かや乃の撮った写真は、今やネット上で何万何億にも増殖しているようだった。ありとあらゆるサイトや投稿に貼りつけられた、モノクロの画像。浮遊子の名前を汚す中傷。卑猥な罵り。一度起こった連鎖は止まらない。

今さら、どうしようもない。

ここまでの事態になれば、浮遊子は映画の世界に戻れないだろう。

ちがう。もう、戻らなくていいのだ。人が人を使い、使われる、あの醜悪な世界から、僕は妹をたすけたのだ。そうして傷つき、弱った彼女を、このちいさな部屋で守っている。

ねむる浮遊子のうなじに生えた透明な産毛が、かすかな空気のながれに沿ってゆれている。金色の仄かな光にふちどられて、肌は内側からひかっていた。

生きていないみたいにきれいだった。なにもかもを、命を手放したあとの、しずかな安寧《あんねい》。そうだ。浮遊子は幽霊だ。僕が浮遊子を幽霊にした。ごくかぎられた世界でしか生きることのできなかった彼女を、強引に引きずりだした。まるで、水中から魚をつかみあげるように
瀕死《ひんし》のはずの浮遊子は、けれどひどくおだやかな表情をしていた。僕の悪意も、救済も、まるで意にも介さず、ひとりすこやかにねむっている。

浮遊子はいつも、うつくしかった。暴力的なまでに、うつくしかった。何をしても崩せない。壊せない。ただどこまでも、僕の醜さだけがきわだってゆく。

「お兄ちゃん」

どれくらいぼんやりしていただろう。

ふいに唇《くちびる》がうごいて、びくりと肩がはねた。いつから起きていたのか。閉じていた瞼が、ゆっくりとひらく。

「泣いてたの？」

「泣いてないよ。どうして？」

浮遊子はうすく微笑んだ。

「ねえ、外へいこうよ。これから」

「外？　なんで？」

「いま決めたの」

「だめだ、まだ危ない。みんな血眼《ちまなこ》で浮遊子を探してる。ここにいるべきだ」

聞き分けのないこどもをなだめるように、浮遊子が言う。

「大丈夫だから。一緒にいこう、瞳介」

彼女は立ち上がり、台所から調理用の鋏《はさみ》を持ってきた。

「わたしの髪を切って」

「え？」

「いいの。短い方が、きっと気づかれにくい」

手を引かれるまま、浴室に向かう。なめらかに透きとおった髪を手に取り、荒れた刃をあてた。指先に力をいれると、じん、と髪の芯を截《た》つ感覚がした。黒い絹にも似た束が、乾いた音を立てて床に落ちる。

数分もすると頭のかたちはすっかり変わった。僕が不器用なせいで、段差がいくつもできている。いびつな髪型は、けれど浮遊子の美しさをすこしも損なうことなく、額縁のように顔をふちどっていた。

浮遊子は僕の手を引き、玄関のドアをあける。拒む間もなく、視界が白く灼きつくされた。目の奥の暗がりに細く鋭い結晶に似た光の線が突き刺さり、視力を奪う。

八月の外気は痛いほど熱く、鈍い刃で肌を逆撫《さかな》でされているようだった。泥の臭いがする。陽ざしはあかるいというより、ほとんど鋭利だった。握りしめた浮遊子の手は、べっとりと熱く、汗ばんでいる。どうやら駅に向かっているようだった。

次々と襲いくる刺激に耐えながら、世界はこんなに喧《やかま》しかっただろうか、と思った。暑くて、うるさくて、ひたすら不快だった。肌を伝う汗も、スニーカーの下で柔《やわ》くひしゃげている雑草も、目の中になだれこんでくる光の束も、喉の渇きも、風の音も、なにもかも、生きているということのなにもかもが、ものうく、いとわしかった。

「浮遊子、ここはいやだ。はやく戻ろう」

妹がなにを考えているのか、全くわからない。今すぐにでも、あの黒蜜に似たくらやみに帰りたかった。朝でも夜でもない薄明にみたされた空間で、過去のひかりを浴びながら、ふたりで永遠にまどろんでいたい。

「どうせなら」

浮遊子が耳元でささやく。あまく腥《なまぐさ》い吐息が匂う。

「すべてがはじまった場所で、すべてを終わらせよう。きれいな円をとじるように。最初から、何も起こらなかったみたいに」

手をつないだまま、彼女は静かに僕を見た。

「湿原へ行こう、お兄ちゃん。『アイリス』を撮ったところ。わたしたちが生まれた場所」

尾瀬へ向かう特急列車は、夏休みだからか平日にもかかわらず賑わっていた。遠足に行くらしい幼児たちの声が、たのしげにひびいている。

車内の天井にはあかるい午後の陽ざしがたまり、毛羽だった座席の表面や、こまかな傷に覆われた窓の桟をくっきりと照らし出していた。

窓の外に目をやると、盛夏の青空、ふかい紺碧がどこまでもつづき、山々の稜線《りょうせん》も青く染まって、平地にひろがる田畑は白っぽくひかっていた。

目的の駅を報せるアナウンスが車内に流れた。浮遊子に手を取られ、電車を降りる。

「大人になってから、初めて来た。こんなに近かったんだね」

手をつないで歩きながら、浮遊子がぽつりと言う。

駅の周辺から峠の入り口までは混雑していたが、髪型のせいか誰も浮遊子に気づかない。燃え立つ緑の底、ほそい木道を踏みしめて僕たちは黙々と歩く。ひんやりとした森の空気が、汗ばむ肌をなでてゆく。観光客を避けて枝分かれした道を進むうち、気づけば人気のない湿原の端まで来ていた。

青い草地にまっすぐのびる道。巨大な入道雲が、地平線で静止している。風がながれると湿原は波打ち、さらさらと乾いた音をたてる。どこまで進んでも風景は変わらない。実際に撮影で使われた場所がどこだったか、記憶は曖昧だ。

『アイリス』では、夜をさまよいつづけた兄妹は、最後に美しい花菖蒲の花を見つける。夜を徹して兄妹を捜し、迎えに来た夫婦とともに、四人は早暁《そうぎょう》の大気の底、湿原を横切って家へ帰る。けれど、ものがたりの果てをゆく僕たちは、いまだに薄明を漂流している。朽《く》ちた落葉が靴の下で砕ける。夜は明けず、だれも迎えになどこない。

座礁《ざしょう》した舟。旅路の終わり。アイリス。円い地獄の、行き止まり。

ここが、僕らの最果てだ。

ふいに、浮遊子が立ち止まった。こちらを静かに見すえている。その瞬間、彼女が何を言おうとしているのか、すべてわかった気がした。

嫌だ。聞きたくない。

まだ、終わらせたくない――。

「浮遊子」

気づけば、口をひらいていた。

「僕がやった」

彼女がおおきくひとつ、まばたきをする。

きれいな眼だった。コンタクトレンズをつけていない、唐茶色《からちゃいろ》の虹彩。昏いひかりをためてゆれている。しなやかな睫毛が、樹々のようにざわめく。

「ぜんぶ、僕がやった」

浮遊子のくちびるがうごいた。

声が、遅れて耳にとどく。

――知ってたよ。

「……えっ？」

「写真のことも、なにもかも。お兄ちゃんがやったこと」

浮遊子が、僕を見ている。

見られるものであったはずの浮遊子が、じっと、僕を見ている。

「わたしのスマホ、アプリが入ってるの。指紋認証のたびに、インカメラで無音撮影するアプリ。マネージャーに教えてもらって、念のため入れてた」

円い瞳が、声もなく僕を見すえる。カメラのレンズ。円環。逃げることはできない。

見ることは、見られること。

囚われていたのは、僕の方だった。

「あの写真を撮ったのは、瞳介じゃないよね」

浮遊子は静かにそう続ける。

「前に訪ねて来た、あの女の子」

「うん」

「ふたりでいっしょに、やったんだよね」

「うん」

「いっしょにわたしを、殺したんだよね」

「うん」

むかいあう僕らの瞳のあいだで、互いの顔が無限に殖えてゆく。

見てはいけない。見てほしくない。けれど見ずにはいられない。見たくてたまらない。見られたくて、仕方ない。眼の奥が、烈しく疼く。

「事務所にも漆谷さんにも、ぜんぶ話した。今、みんなで考えてるの」

「……僕を、どう裁くか？」

「ちがう。全然ちがう。わたしと漆谷さんの、これからのことだよ。わたしたちはどんな方法を使ってでも、かならず戻る。映画の世界に」

なんだよ、それ。

僕はつよく唇を噛んだ。血の味が微かに拡がる。

ふたりとも、ずるい。そうやって僕を除《の》け者にする。いつだってそうだ。浮遊子と漆谷。才能のある者。美しく凶悪な獣たち。僕のことなど歯牙にもかけず、いつもどこか別の場所を見つめている。

「わたしは最後まで、あなたのことが理解できなかった」

浮遊子は淡々と言う。

「お芝居をやめた理由も、結局わからないままだよ。つくりものの世界でも、ふたりならもうすこし息がしやすくなると思ったのに」

「だから、何度も言ってる。僕には才能がないんだよ。演技はもういやだ。本物の、現実の世界で浮遊子と生きたい。浮遊子だってそうだろう。苦しんでる妹を助けたくて、僕は、」

別の地獄で生きていた彼女を、自分の地獄に引きずり下ろした。

浮遊子の髪がゆれる。

いびつに切られた、僕が切った黒髪が、それでも美しくなびいている。

「わたしは、自分のいる場所を地獄だと思ったことは一度もない」

妹は言った。

「瞳介の方が間違ってたんだよ。最初から、ぜんぶ」

陽ざしが傾きはじめていた。湿原全体が、燃えるような赤金色にかがやいている。

暴力的な、烈しく眩い陽ざし。なにもかもを忘れさせるほどつよく、それでいて空虚でものうい、巨きなひかりの空間。

眩くて、なにもみえない。

どれだけ目を凝らしても、妹の顔がみえない。

「浮遊子。もう一回、やりなおそう。今からでも遅くない」

僕は言う。

手をさしのべるように。あるいは、すがるように。

「にせものの兄妹じゃなくて、今度は恋人として、ほんとうの家族として、ちゃんと現実の世界で生きよう。僕には浮遊子しかいないし、浮遊子には僕しかいない。そばにいられればどんな関係だって、」

言いかけて、息を飲んだ。

浮遊子の顔が、ごっそりと光に刳《く》られていた。

白いスクリーンと化した顔面に、沼の情景が映っている。腐乱した澱み。たくさんの死骸が積み重なって溶けてできた土壌。何千もの死の香りが、あまく漂っている。薄明薄暮《はくぼ》のひかりにみたされた、苔むした沼地。その中心に咲く、青い花。僕のアイリス。

「いずれぜんぶ、過去になる」

花が、沼が、そうささやく。このうえなく、優しい声で。

「どんな作品も、どんなニュースも、あっという間に忘れ去られる」

ちいさく、うたうように。同時に、呪いを叫ぶように。

「でも、わたしだけは、ずっと、ぜんぶ、覚えてる。あなたのことも。あなたのやったことも。覚えているから」

夕陽が、僕らの影を圧しつぶしてゆく。僕らの昏がりを、陰翳《いんえい》を、あまさず照らし、破壊してゆく。

——覚えていてください。あたしは、あなたを忘れない。

いつか聞いた声と、声がかさなる。呪いと軛の言葉。

ずっと、僕が囚われていた世界。

僕が守りつづけてきた世界。

果てしなく広がる湿地帯。昼でも夜でもない、にせものでもほんものでもなく、大人とも子どもともつかない。家族でも恋人でもなく、同時にそのすべてでもある、あいまいな境域《きょういき》。うすやみに浸された、あわいの場。

けれど、今。

光が、すべてを破壊してゆく。僕ひとりをのこして。

僕は、顔のない妹の手を取った。腰を抱き、右足を踏みだす。次は左。ひとつ進んで、ひとつ戻る。存在していないかのように軽い肢体《したい》を片手で支え、なめらかに踊る。スローワルツ。頭上に赤い月が浮かんでいる。あるいはいつかのシャンデリア。何百人もの候補の中から、選ばれたのは僕だった。祝祭の焰がゆれる。果てしなく続く、あざやかな血のいろの絨毯の道。地獄への道。

兄と妹が、架空の夏に生まれて、死んだ。死んだあとも、戯れた。傷と傷をこすりあわせ、あまやかな痛みの底で陶酔《とうすい》しながら。肌と肌、眼と眼でふれあって。現在ではなく過去を見て。相手のなかに自分を見て。傷つけあい、殺しあい、救済しあう。ふたりの幽霊。きわどいダンスのように。

僕らは踊りつづけている。

ぶざまに、みにくく、拗らせながら。

僕たちは映画の幽霊だ。僕たち自身の幽霊だ。

幸福さえも傷として。どこにむかうのかもわからないまま、互いに互いを見くびって、弄んで傷つけて、息も乱れて絶え絶えで。痛みのなかに僕らはいる。傷のあるところに、僕らが存在する。深ければ深いほど、存在はきわだつ。

踊りは烈しくなってゆく。浮遊子は僕の動きを読み、合わせ、ときに裏切り、いざない、なだめ、煽《あお》り、対峙する。舞踏はいつしか武闘となり、舞っているのか殺しあっているのか、判然としない。

僕は本当に、浮遊子と踊っているのだろうか。

次に顔をあげたとき、ここに立っているのは僕ひとりかもしれない。

みつめあう相手はもういない。残されたのは僕自身だけ。浮遊子の兄ではない、もはや何者でもなくなった自分を、罪を、痛みを、まっすぐ見つめなければならない。でも。

僕は妹の手を握った。

幻かもしれない。幻でもかまわない。

あとすこし。あと、ほんのすこしだけ。おわりのひかりのなかで、踊っていよう。

見えないふりをしていられるのは、きっと今が最後だから。

目を閉じたまま、僕は虚空へと一歩を踏みだした。

第二部　あやめ

巨大な壁がそびえている。高さ数十メートルの、黒い膜。

ひとりの少年が、それをみている。

壁にむかって注ぎこまれるように設けられた客席の、いちばん後ろから。

ほかの席は満席で、誰もが身じろぎひとつせず、壁面に視線を投げている。かれらは一体なにをしているんだろう。少年は奇妙に思う。大勢の大人たちが行儀よくじっとして、壁に顔を向けている。滑稽《こっけい》で、どこか不気味な光景。

ふいに壁が輝きだす。幾百もの瞳に、おなじ色のひかりがやどる。

ああ。これは遊びなのだ。少年は思い出す。

ただひかりを眺めるためだけに、ひとびとはこの場所に集った。この上なく贅沢な遊戯。

ひかりはたえず揺らぎつづける。どうぶつみたいだ、と少年は考える。人工の夜のなかでしか息ができない、うつくしいひかりの獣。

スクリーンは、時間とともに刻々と色を変えてゆく。少年は息をのむ。これは夢なのだと、幻なのだとわかっているのに、いや、わかっているからこそ、かれはその景色に惹《ひ》かれる。

いつか自分もつくりたい。こんなふうにひかりかがやく、あざやかな虚無を。

本物である必要なんてない。本物より美しければそれでいい。

巨大な壁が、いっそうまばゆくかがやきはじめる。

少年はまばたきしながら、闇の中へとその身を乗りだす。


四つの刃が、ゆったりと廻りながら宙を裂いている。しばらく眺めていると、それがシーリングファンであることがわかってきた。同時に、自分がどこにいるのか思い出す。モロッコの都市、マラケシュのホテル。視界の端で揺れているのは、みずみずしいオーガスタの葉。スマホを見ると、午前六時だった。窓の外はまだ薄暗い。

長時間飛行機に乗っていたせいで、肩も腰も軋んでいる。睡眠時間が足りていないのか、頭痛がひどい。ベッドに腰かけてミネラルウォーターをのみ、煙草を喫った。複雑な紋様が編みこまれたキリムのラグが、裸足《はだし》にやわらかい。部屋はひろびろと開放的で、たくさんの観葉植物が置かれていた。

モロッカン柄のカラフルなテキスタイルが大きなソファを彩《いろど》り、簡易キッチンの壁は美しいターコイズブルーのタイルで埋め尽くされている。昨夜は気づかなかったが、中庭のプールには珊《さん》瑚《ご》色の花びらが散らされていた。窓のそばに、小ぶりだが端正な机と椅子が設《しつら》えられている。あとで仕事をしようと思いながら支度を済ませ、さっぱりした生地のシャツに袖を通す。

部屋を出て、レストランに向かった。いつのまにか陽はのぼりきり、からりと冴えた青空が広がっている。廊下に連なる柱に施《ほどこ》された細かな彫刻が、ひかりをうけて蜜色に照っていた。行き交うひとびとは、おれに気づくと小さく会釈《えしやく》する。顔見知りも、そうでないひとも。皆、映画祭の関係者なのだろう。

「漆谷監督、おはようございます」

日本語で声をかけられ振り向くと、俳優の土岐未世《ときみよ》だった。海外作家の映像インスタレーション作品を特集したテレビ番組で共演したことがあった。なめらかな絹にも似た黒髪をピンで留《と》め、上質な白いロングワンピースをきちんと着ている。

「おはようございます。土岐さん、いらしてたんですね。ご挨拶もせず、すみません」

「いいえ、とんでもないです。昨夜遅くに到着されたそうで。こんなところでお目にかかれるなんて、嬉しいです」

「数合わせで招ばれて遊びにきただけですよ。良ければ朝食、ご一緒しませんか」

テラス席にふたりで着くと、パンケーキとオムレツ、たっぷりのフルーツサラダが運ばれてきた。庭には名前のわからない巨大な植物が繁茂し、水盤のあいだを白い孔雀が悠然と歩いてゆく。

「山下監督の作品に出演されていたんですよね。今回かなり有力みたいですね、受賞確実とか」

ミントティーのカップを取り上げながら言うと、土岐は微笑んだ。

「どうでしょうか。山下監督も、六十代にして念願のノミネートですから、なんとか獲ってほしいなとは思いますが。そういえば、漆谷監督はいま新作の脚本を執筆中でいらっしゃるそうで」

「はい、まさにちょうど。なんとか今年中には撮ってしまいたいんですけど、間に合うかどうか」

「とても楽しみです。私、漆谷監督の作品が大好きで」

にっこりと笑う土岐に微笑みを返し、おれはオムレツにナイフを沈める。

うつくしいひとだ、と思う。上品で、しなやか。たしか四十代前半だったか。ゆびさきまで行き届いた所作で、けれど全く意識はしていないように見える。生来《せいらい》の気品か。うつくしすぎる、とも思う。いくら巧《たく》みに演技をしても、身に纏う優雅な空気を消すことは難しいだろう。自分の作品に使いたいとは思わない。

これから仕事をするのかと訊かれ、「そうですね」と応える。

「今日は夕方まで部屋でのんびりしようかな。土岐さんは？」

「私はせっかくなので、マラケシュを観光するつもりです。フライトでお疲れでしょうから、お仕事はほどほどにゆっくりお休みになってください」

レストランを出て土岐と別れたあと、まっすぐ自室に戻った。ノートパソコンをひらき、テキストエディタを立ち上げる。『海を配る』というタイトルと、おおまかな筋は決まっていた。主人公である不登校の男の子がひょんなことから彫り師の女性に出会い、友人でも家族でもない曖昧な関係を結んでゆく。

脚本を書き始める前の準備として、思いついた台詞や断片的な言葉、ときには他者の文章の引用をエディタに貼りつけながら、描きたい空気感や匂いを探ってゆく。

映画は時間の彫刻だ、とおれの好きな映画監督が言っていたが、まさしくそのとおりだと思う。彫刻家が大理石に埋まった理想の形を彫り出してゆくように、おれは自分の中にすでに存在する想像世界を、余分な要素を削り落として丁寧に再現してゆく。

作業がひと段落して顔をあげると、陽光の色が濃くなっていた。午後四時過ぎ。オープニングセレモニーの前に、何か口に入れておきたい。ジャケットを羽織り、ホテルを出た。

蜜柑《みかん》の木が点々と植わっている広大な前庭を抜けて門をくぐると、途端にクラクションが鳴り響いた。マラケシュの大通り。車、バイクに交じって馬車が過ぎてゆく。大気は粉っぽく乾燥していて、建築群は淡く色褪《いろあ》せている。まだ陽は高いが、フナ広場では夜のバザールの準備が進められていた。野外上映会用の巨大なスクリーンが、悠々とそびえたっている。

観光客の群れを避けて、路地から迷宮めいた商店街に入る。革製品、タジン鍋、バブーシュ、硝子製のランプ。溢れんばかりに並べられた品物と、奥の暗がりからこちらを見つめる店主のうっそりとしたまなざし。香辛料と砂糖菓子の匂い。頭上には布や板切れが渡されていて、あざやかに濾されたひかりが石畳に躍っている。

屋台の並ぶ市場で店員に呼び止められ、見るとオレンジをすり潰してつくったらしいスムージーを売っていた。つややかな色に惹かれて手を伸ばしかけたが、水を使ったものは露店では避けた方が良いと妻に言われたことを思い出した。

代わりに平たい焼き菓子を購い、歩きながらほおばる。パンにも似た生地の表面に粗い砂糖がまぶしてあって、べったりと甘い。この国の食べものは総じて味が濃い。和食がたべたい、とぼんやり思いながら、なんとか完食した。

時間があったので、ランプの店を覗いて小さなスタンドライトをひとつ選んだ。ぽってりといびつなかたちだが、どこか茸に似ていて愛嬌《あいきよう》がある。傘が青いステンドグラスでできていて、点けると宝石の粒に似た光が辺りに飛び散る。

土産《みやげ》にするのかと店員に英語で訊かれたので、妻へ贈るのだと答えると、かれはひどく嬉しそうに笑った。奥さんはきっと喜ぶよ。きれいなランプ、優しい旦那さん。幸せだよ。おれは黙ったまま、口元をゆるめてみせる。笑っているように見えればいいが、と思う。

包みを手に店を出ると、陽が傾きかけていた。着替えのため、一度部屋に戻った。髭を剃り、髪をジェルで整えてから、徒歩で会場へ向かう。陽ざしはより烈しく、人々の影は黒く濃い。

メイン会場で映画祭の現地スタッフと合流し、劇場に入る。ホールは、豪奢な怪物の口腔のようだった。全体に昏く、至る所に真紅と金の装飾が施されている。セレモニーはフランス語で進行されるようだった。著名な監督や俳優から成る審査員が紹介され、それぞれ自国語で開幕の挨拶をおこなった。

オープニング作品は、フランスの監督の作品だった。音楽家の晩年を描いた新作だ。自死へ向かってゆるやかに下降してゆく日常のなか、ときおり閃光のように迸る老翁《ろうおう》の美しさ。とても好みの作品だ。日本で公開されたら再見しようと決める。

上映後、オープニングパーティーに招待されていたので外に出て車に乗った。おなじ車に乗り合わせたアメリカの新人監督と会話がはずみ、話しこんでいるうちに会場に着いた。

タイトな黒いロングドレスに身を包んだ後ろ姿を見つけ、「土岐さん」と声をかけた。振り向いた彼女が、安堵したように微笑む。

「漆谷監督。タキシード、よくお似合いです」

おそろしくなめらかな動作で腕を差し出され、自然、エスコートをする流れになった。

「私、フランス語が苦手なので心強いです」

「おれも別に得意じゃないですよ。でも顔なじみがいると安心しますね」

先に着いていた山下監督と三人で中に入った。彼はおれの作風を気に入ってくれていて、依頼を受け脚本を書いたこともある。人当たりの良いベテラン監督で、年下のおれにも気軽に接してくれるので話しやすい。

案内された円形テーブルには各国の名だたる俳優が着席していて、さすがに少し緊張する。ひととおり挨拶を交わしたタイミングで、料理がサーブされた。煮込んだ鶏肉、羊肉、あまい湯気のたつクスクス。どれもつくりたてで、つやつやの脂が照っている。

皿に手を伸ばしたところで、声をかけられた。別のテーブルからやってきた若い俳優たちだった。握手とサインを求められて応じると、デビュー作を観てファンになった、応援しているという旨のことを言われた。そのあとも、監督、スタッフ、俳優と入れ替わり立ち替わり話しかけてくる。

笑顔で対応する自分の姿を、おれの意識はすこし後ろから眺めている。こんなに華やかな場所で、たくさんの人に囲まれて。モロッコの映画祭に参加していること。現実のこととは思えない。ずっとそうだ。飛行機に乗ったこと。いや、そもそも初めから、映画を撮り始めたときから。ずっと薄膜越しに、景色を見ている気がする。全部つくりもの。おれの想像の世界。

「漆谷監督、大丈夫ですか」

土岐に声をかけられ、我に返った。

「あ、はい。すいません。ぼうっとしてました」

「あまり無理なさらない方が良いと思います。もしよろしければ、一緒にホテルまで戻りませんか。私も少し、疲れてしまって」

平気だと断ったが土岐は聞かず、結局ふたりで会場を出た。昼間とはうってかわって、空気はひんやりと湿って重い。タクシーの窓の向こうを、異国の夜景が流れてゆく。土岐の整った横顔が、ときおり照らされては影に沈む。

シートに置いた指先がすこしふれて、離れた。またふれる。

土岐は黙っている。おれも何も言わない。先ほどまでの昂揚がゆるやかにほどけ、代わりに倦《けん》怠《たい》に似た諦念《ていねん》が胸の底に拡がってゆく。朝に会ったときから、視線のなかに粘つくものを感じていた。どうなったっていい、と思う。投げやりに。他人事のように。どうでもいい。

広場のナイトマーケットの光が、鈍く引き攣《つ》れて揺れている。野外スクリーンでは、今夜なにが上映されているのだろう。気になったが、車の中からは見えなかった。


暗闇のなか、かすかに明滅している。白いひかり。おれは濡れた髪を拭きながら、キリムの絨毯を踏んでテーブルに向かう。スマホを手に取ると、着信が残っていた。妻だ。

「ちょっと電話します」

キッチンに声をかけると、ミネラルウォーターをのんでいた土岐が小さくうなずいた。窓辺へ向かいながらスマホを耳にあてると、背後でドアの閉じる音がした。自分の部屋に帰ったのだろう。

『もしもし』

五度目のコールで妻が出た。声がかすれている。

「寝てた？」

『うとうとしてた。こっちは昼の三時。圏も寝てた？』

「うん。少しだけ」

『パーティーは楽しかった？』

「うん。いろんな監督と話せた。そういえば、市場で晶《あきら》に土産を買ったよ」

『本当？　楽しみにしてる。帰国は予定どおり？』

「けっこう居心地が良くて、もう少し滞在しようと思ってる。来週の月曜には帰国するけど、仕事でまたホテルに缶詰めになるよ」

『わかった。気をつけて』

電話を切って、息を吐く。

妻の背後で、ずっと音楽が鳴っていた。おそらくジャズだ。きこえないほどちいさな、けれど確かな音。妻は人を家に招いているとき、いつもレコードをかける。

妻とは大学時代に知り合った。デザイン科を卒業し、今はドラマや映画の衣裳制作の仕事をしている。結婚して十年ほど経つが、仲は悪くない。ただ、妻には恋人がいる。気づいたのはいつだっただろう。かなり長い相手のようだった。知ったとき、失望も動揺も感じなかった。恋人と呼べる相手はいないが、おれだって似たようなことはしている。ただ、彼女がなぜ離婚を申し出てこないのかがわからなかった。

きっと何かしらの訳があって、行動に移さないのだろう。なら、こちらが動く理由もない。妻とは一緒にいると気が楽だし、話も合う。喧嘩もしないし、今のところもっとも穏やかな関係が築けている相手だとは感じる。彼女に別れる意思がないのなら、それでもかまわない。

前にそう浮遊子に話したら、「漆谷さんは興味がないんだよ。映画以外の全部に」と返された。肯定も反論も面倒で、おれは浮遊子にくちづけた。彼女は目を閉じなかった。円い虹彩が、じっとこちらを見据えていた。

アイリス。

おれの世界。もう一度、あれがほしい。あの景色を、創りたい。真《しん》に充溢《じゅういつ》した、ひかりの園。

フィルムに美しい虚構を灼きつけることができるなら、他は些事《さじ》に過ぎない。

自分の人生も、幸福も。なんだって捨てる。

疲れているはずなのに、目が冴えていた。ポーチから睡眠導入剤を取りだし、粒を舌に載せる。

土岐が残したミネラルウォーターを干し、ベッドに倒れこんだ。目を瞑って、眠気を待つ。


あくる朝、ホテルの廊下で土岐とすれ違った。食事を終えたのか、ひとりでレストランから出てくるところだった。互いに軽く会釈をし、通りすぎた。

仕事をしてから映画祭に行き、そのあとライブパーティーにも顔を出すつもりだったが、夕方になってもなんとなく気分がのらない。スタッフに体調不良だと連絡してから、昨日とおなじように広場へ出てみた。

黄昏《たそがれ》の野外スクリーンでは、ハリウッドのアクション大作が流されていた。すでに人だかりができている。地元の住民、バックパックを背負った若者たち、年嵩《としかさ》の観光客、それに子どもたち。みんなアイスクリームや菓子を片手に、地面にそれぞれ陣取ってお喋りしながらのんびりと映画を観ている。

露店で魚のフライとポテト、瓶のコーラを購い、おれも広場に腰をおろした。スクリーンの中でビルが爆発し、車が横転している。見せ場である銃撃戦がはじまると、あちこちで歓声が響いた。主人公が人質の女性をぶじ助け出すと、布小物を売っている老女たちが楽しそうに手を叩く。いい景色だ、とコーラをのみながらおれは思う。夜、あるひとつの場所に大勢で集って、おなじ夢を共有する。まるで焚火を囲むように。ひどく原始的で、あざやかな法悦《ほうえつ》。

学生時代に読んだ好きな作曲家の本に、印象深い引用があった。

――遊びというものは、すべて国によって特有のものがあり、それらは多種多様である。ところが、この映画という遊びは、たったひとつの、これっきりのものである。人間の歴史ではじめてあらゆる群衆が地球の全表面で時を同じくして同じ遊びをするのである――。

国をこえて、言語をこえて、共有されるおなじ景色は、けれど各人にとっておなじであるとは限らない。仮構は観客ひとりひとりの個人的な記憶、感情、意識に浸透し、無数の夢へと分岐《ぶんき》してゆく。

虹彩に刻まれた条痕《じょうこん》の色調は、観た本人にしかわからない。どんなに豊かな色彩を得たとしても、他者に完璧にそれを伝えることはできない。エンドロールのあと、拙《つたな》い言葉をぽつぽつと交わしあうだけだ。

誰しもがおなじひかりに身を浸しているはずなのに、終わったあと、よりいっそう孤独がきわだつ。それが映画だ。

スクリーンのなかのものがたりは、クライマックスへ向かいつつあった。ひかりが夜を染め、歓声が炸裂《さくれつ》する。飽《あ》いた子どもたちが手遊びをしている。酔った男たちの笑い声。息をつめて見入る少女。広場はいよいよ渾沌《こんとん》とした様相を呈し、にわかに祝祭めく。

どうして映画を撮るのか。

何度もインタビュー等で訊かれてきたこの質問に、おれはいつもおなじ答えを返してきた。観たから、撮るのだ。

何百、何千と観てきた映画のひかりが、おれのなかに刻んだ傷。そのかたちを、目に見えるかたちであらわしたい。おれは、おれが美しいと思える世界を、カメラを通して再現したい。

完成すれば、退屈でつまらないこの現実を、おれの好きな景色で二時間だけ塗りつぶすことができる。うつくしいものを殖やして、自分の周りを囲む。鎧《よろ》う。孤独と引き換えに。そうしてつくりあげた完成品を、大衆に差しだす。それがおれの、この世界への関わりかただ。

主人公とその恋人がキスをする。晴れやかなハッピーエンド。エンドロールが流れ出すと、拍手が起こった。それからばらばらと、観客が散ってゆく。ひとり、またひとりと立ち上がり、いなくなる。夢から目覚め、現実に戻ってゆく。

名残《なごり》を惜しんで坐りこんでいるひともいる。ぼんやりとスクリーンを眺めているひとも。それでも少しずつ、去ってゆく。置き捨てられたごみが、花束のように散らばっている。食い散らかされた宴のあとの空間で、おれはぬるくなったコーラを飲み干した。

成田《なりた》空港に着いて、そのまま近くのシティホテルへ直行した。モロッコで進めた仕事の、最後の仕上げをするためだ。家ではどうしても集中できず、いつもこうしてホテルにこもる。

時差で狂ったリズムを整えるため、薬を使って十時間ほど眠った。湯船にゆっくり浸かり、ウーバーイーツで頼んだ和食弁当を食べてから、パソコンに向かう。

先日までのパーティーの絢爛《けんらん》な喧騒が夢だったかのように、ここは静かだ。静かで、ひとり。

皮膚を削ぐ孤独が心地良い。

なにかものをつくるときには、肉体的な健康が必須だが、同時に精神のどこかが軋みをあげ、いびつに沈んでいることも必要だ。晴れやかな憂愁、没頭とともに在る倦怠、安寧のなかの怒り、かなしみにも似た喜悦《きえつ》。

指先から文字となって迸る激情を、もうひとりの自分が醒《さ》めた目で検分《けんぶん》する。どの人物がどう動けば、そしてそれをどう見せれば、人は泣くのか。笑うのか。安堵するのか。緊迫するのか。人の思考と感情の動きを想像し、創造する。まるで実験だ。

おれのなかには、たくさんのおれ自身がいる。観る自分とつくる自分。書く自分。撮る自分。思考する自分。観察する自分。他にもいろいろ。大勢のおれたち同士が馴《な》れあわないようにするのが、おれの仕事だ。

息を詰めて作業を進める。腹が減れば適当な食べものを取り寄せ、眠くなれば机に伏して仮眠する。あとはずっと画面を見つめつづける。

気づけば、カーテンのすきまから陽光が射していた。朝陽か夕陽かわからない。帰国してから何日経ったのか。

おれは大きく伸びをする。

『海を配る』の第一稿が、できあがった。

あとは一週間ほど寝かせて細かく修正をかけ、プロデューサーやスタッフに確認してもらう。

軽くシャワーを浴びてから、ごろりとベッドに横になる。妻に明日帰宅する旨を連絡してから、浮遊子に電話をかけた。繋がらなかったので、ホテルの住所をＬＩＮＥで送付する。

それから数時間ほど、まどろんでいたらしい。着信音で目が覚めた。

『もしもし？　ロビーに着いたけど』

浮遊子だった。「ちょっと待って」と返し、サンダルで部屋を出る。

ロビーに降りると、浮遊子はソファに坐ってフラペチーノをのんでいた。大きな帽子にマスク、オーバーサイズのパーカー、チノパン、スニーカーという格好で、遠目には少年のように見える。おれはフロントに向かい、宿泊人数を変更しツインの部屋に切り替えた。そのまま部屋に戻り、荷物をまとめて部屋を移る。あたらしい部屋番号をメッセージで送ると、ほどなくしてノックの音がきこえた。

扉をあけると、浮遊子が立っていた。すばやく部屋に入れると、浮遊子は帽子を取った。中にまとめていたらしい黒髪が、ふわりと軽く宙にこぼれる。マスクをうっとうしそうに外しながら、美しくおれを睨む。

「毎回めんどくさいよ。どうせばれないんだし」

「もっと面倒なことになってもいいのか？　それ、一口ちょうだい」

手渡されたフラペチーノをのみ、氷漬けの苺《いちご》をかみ砕く。みずみずしい冷気が、疲労した身体に甘く心地よく拡がってゆく。

「漆谷さん、顔色悪いよ。また寝てないんでしょ」

心配そうに覗きこんでくる浮遊子を、ぐっと抱き寄せた。

キスをすると、くちのなかで浮遊子の唾液と果物の破片がまざった。剝ぐように服を脱がせると、整った白い肢体があらわれた。きめこまかな肌にくちづけながら、シーツに押し倒す。しなやかな二本の腕が、おれの首にきつく巻きつく。鎖骨のあたりを思いきり嚙まれ、息が洩れる。軽く嚙むと、浮遊子はくぐもった悲鳴をあげた。

投げだされた脚の完璧な曲線。腿に指を這わせつつ、下着をずらして乳首を口に含む。軽く嚙むと、浮遊子はくぐもった悲鳴をあげた。

部屋にふたりぶんの吐息がひびく。ときおり、どちらのものともつかない声、喘ぎというより呻きに近い声があがる。性器にゴムを装着してから腰を抱き、思いきり奥まで入れる。過《す》ぎる熱がいっそ苦しい。腰を摑んだまま、烈しく揺らした。浮遊子はきつく目を閉じて、耐えている。獣のように荒い息を吐きながら。おれたちはまじわる。言葉も交わさず、切実に。野蛮に。手加減なしで。こみあげる快楽を息を吐いてやり過ごし、さらに腰を動かす。浮遊子が身をよじり、低く唸る。

セックスは好きだ。あらゆる煩雑《はんざつ》な事象から解き放たれ、ただ快楽を得るために動けばいい。何の目的もなしに。おれたちはなにも考えない。互いに相手の身体を使って、自分がどれくらい気持ちよくなれるか、試している。

髪をかきあげながら、浮遊子がおれを見上げる。ほつれた髪がひと筋、額にはりついている。くろくおおきな瞳は淡く濡れているが、やどる光がつよい。老いた大蛇のように、じっとりとこちらを睥睨している。ぞくりと皮膚が粟立《あわだ》つ。十八歳とは、とても思えない。

位置を変え、今度は見下ろされるかたちになる。完全に浮遊子のペースだった。達したあとも責め立てられ、苦痛に似た感覚がつらくて脣を嚙む。甘美な刑にも似ていると思う。もっと痛めつけてほしい。もっと罰してくれ。おれを支配してくれ。そうして、赦《ゆる》してくれ。

ひときわ大きな声を洩らし、浮遊子がゆっくりと腿の力を抜いた。ようやく一度、達したようだった。肩で息をしながら、おれの隣に坐りこむ。ミネラルウォーターを手渡すと無言で飲み干し、浴室へ向かった。

入れ替わりでシャワーを浴びたおれが戻ってくると、浮遊子はバルコニーで煙草を喫っていた。隣に立って火をつける。

「モロッコ、どんなところだった？」

「暑かったよ。埃っぽくて、建物の色がきれいだった」

ふうん、と浮遊子は煙を吐く。

「おみやげは？」

「ないよ。どうせ要らないって言うだろ」

「晶さんには？」

「ランプを買った」

「それ、わたしが欲しいって言ったらどうする？」

浮遊子を見ると、子どものように笑っていた。

「嘘だよ。怖い顔しないで。ねえ、今週の日曜は空いてる？」

「晶がつつじを見たいって言うから、どっか連れてく予定」

「いいなあ。わたしも見たい。写真、撮ったら送ってね」

風が流れ、浮遊子の顔が長い髪で隠れる。あらわれる。雲のちぎれ目から射す月のひかりが、彼女の輪郭をきわやかに照らしだす。

『アイリス』で仕事を共にした浮遊子と、関係を持ちはじめたのは去年からだ。雑誌の対談の仕事をきっかけに、毎月食事に行くようになった。

この子は昔から、存在の握力がとてもつよかった。ひとを引き寄せる力が、尋常じゃない。その存在感、独特な野趣《やしゅ》溢れる美しさは、歳《とし》を重ねるごとにますます勢いを増している。

「浮遊子」

乱れる髪の隙間から、こちらを流し見る。

「おれの次の作品に、出てほしい」

そう告げると、彼女はゆっくりと、顔をほころばせた。

「うれしい。またわたしを使ってくれるんだ」

ちがう。おまえも、おれを使うんだ。

獣が肉を骨までしゃぶるみたいに。ぞんぶんに。おれの世界を、使い尽くすんだ。

「楽しみにしてる。いっしょに『アイリス』を超えようね」

おれたちは、ほとんど同時に煙を吐いた。

ふたり分の煙が、透明な鎖のようにからまりあって、夜空へのぼってゆく。


子どもの頃、家の近くに映画館があった。スーパーとショッピングモールがひとつになった商業施設で、寂《さび》れたゲームセンターの隣にあった劇場の規模は、とても小さかった。

ものごころついたときには、母親はいなかった。勤務医で変則的な生活をしていた父は、相手をするのが面倒だったのか、週末になるとおれをひとりだけで映画館へ放りこんだ。

小学生のころは、映画が苦手だった。

まず、二時間ものあいだ座席に坐ってじっとしていなければならない。ほとんど暴力めいた、徹底された受動の姿勢。暗闇によって制限された知覚に、巨大な音とひかりと物語が容赦なく注ぎこまれ、最後には作り手の意図したとおりに絶望したり、救われたりするはめになる。所詮ぜんぶ、つくりものなのに。

エンターテインメント。文芸作品。アニメーション。邦画も洋画もジャンルを問わず、あらゆる種類のストーリーが、眩いひかりとともにおれのなかを強引に充たしていった。

映画館にみずから通いはじめたのは、十三歳のときだった。中学に上がると、周りの状況が一気に変わった。小学校では少人数だったクラスの人数が倍近くに膨れあがり、グループ形成の時期にまごついているうちに、いつの間にかおれは除け者にされた。

放課後、遊び相手も居場所もなかったおれは、通い慣れた道を辿って映画館に向かった。家以外に自分の場所であるといえるのは、劇場のほかなかった。座席は身体を固定し縛りつける檻から、昏くあたたかな巣へと変わっていった。ほかのだれでもない、おれのために用意されたスペース。少ない小遣いを、すべて映画につぎ込んだ。

そうしてある日、映画を観ている最中におれは気づいた。

ここには真実は存在しない。

でも、何ひとつとして嘘ではないのだ。

感動も、居心地の悪さも、はっとする感覚も、美しさも、何もかも。金を払って客席に坐っているあいだは、目に映るすべてが、おれを歓待していた。おれの味方だった。

「着きましたよ」という運転手の声で目を開けた。ホテルから自宅へ向かうタクシーの車内で、浅く眠っていたらしい。

荷物を運び、カードキーでオートロックをあける。二十五階のつきあたりでもういちどカードをかざし、玄関に足を踏み入れた。

どの部屋も真っ暗で、人の気配がない。妻は外出しているのだろう。間接照明のスイッチを押すと、天井の高いリビングがオレンジのひかりで柔らかく照らしだされた。

イタリア製の黒いカウチソファに、カッシーナのガラステーブル。弓なりに美しい曲線を描く、フロス社のフロアライト。いつのまにか、観葉植物の種類が変わっている。大型のオリーブ。

妻の希望で、居間のインテリアはすべて彼女に任せている。選び抜かれた上質な家具の並ぶ広広とした空間は、とても美しい。まるで美術館にいるようだ。十年ほど暮らしているが、未だに自分の家だとは思えない。

壁に設置された巨大な窓に似たテレビをつけ、動画サイトにつないだ。海外のスクールドラマを適当に流しながら、荷物を片づける。

高校に上がると、世界はまた変化した。映画を観すぎたせいか急激に視力が落ち、眼鏡からコンタクトレンズに切り替えた。以降、周りにやたらと人が集まり、クラスメイトだけではなく、他学年の生徒にも声をかけられることが増えた。女子生徒に呼び出され、好意を告げられることも多々あった。

なぜ、かれらの態度がひっくり返るように変わったのか。当時は全く理解できず、ひとりでいたときより遙かに居心地が悪かった。放課後、おれは映画館へ逃げた。高校の近くにあった古い名画座はチケット代が安く、毎日のように通いつめた。

タルコフスキー、ロベール・ブレッソン、フリッツ・ラング、フランソワ・トリュフォー、ルキーノ・ヴィスコンティ、クシシュトフ・キェシロフスキ、ビクトル・エリセ、鈴木清順《すずきせいじゅん》、小津《おづ》安二郎《やすじろう》。時代も国もさまざまな監督たちの作品を、ひたすら眼で喰《く》らった。

十七歳のおれは、どれも完璧な映画だと感じた。どうしてそう感じるのか、その美の仕組みを知りたいと思った。映画について学びたいと教師に相談すると、俳優志望かと訊かれた。違うと答えると、「それなら東京の芸術大学へ進学すると良い」と言われた。撮る方法も観る方法も両方学べる。漆谷なら、監督でも批評家でも好きな職をめざせるだろう、と。

受験勉強はとくに苦でなく、めざすべきとされた点数に到達するまでそれほど時間はかからなかった。父親に芸大志望の旨を報告すると、卒業までの金は出す、あとは勝手にしろ、と言われた。

第一志望の映像芸術学科に進学すると、シラバスには著名な映画監督や評論家の名前がずらりと並んでいた。

——監督が何を見せないと決めたか、観客は決して知ることができません。映画監督は、傲慢にも観る者の人生を数時間うばい、見るべきだとして自身が選んだものを見せるのです。

撮影基礎の講義を担当していた教授は、おれたちに向かってそう言った。

——景色に無垢性というものがあるとしたら、それはカメラで撮られた瞬間に失われます。あらゆる景色を踏みしだき、そうまでして撮ったものをときに棄て、選び、繋ぎ、ごまかし、そうやって自分のめざす美にむかって、なんとか這いずりながら手を伸ばしつづける。そんな不条理で、高慢で、ままならない芸術が、映画なのです。

一年次の実践形式の講義で、十分ほどの短い作品を撮る、という課題が出た。題材は好きに選んでいいと言われ、おれは植物園を舞台に、恋人同士であるふたりの男が散歩しながら会話を交わすだけの作品を撮った。

ストーリーはどうだってよかった。重要なのは、色彩と構図だ。

映画製作を絵を描くことに喩えるなら、おれは技法どころか、まだ絵筆の持ち方すら知らなかった。ただ本能に任せ、自分が心地よいと思えるかたちを必死に再現しようとした。

映画が、うばうことでしか成立しない芸術ならば。せめて、うばった観客の人生の時間を、可能なかぎり美しいもので充たしたい。そして叶うならおれも、充たされたい。

時間も技術も足りず、出来栄《ば》えはとうてい納得のいかないものだったが、教授や他の学生たちの反応は違った。

――ご両親は、なにか映像関連の仕事をされている？

――生まれて初めて撮った作品とは思えない。本当に一人で作ったのか？

――一体どんな人生を過ごしたら、十代でこんなものが撮れるんだ。

おれは黙っていた。観客というものは上《うわ》っ面《つら》しか作品を観ないのだな、と内心ひどく失望していた。おれがつくったのは雰囲気だけの、映画に似たなにかだ。映画じゃない。

いつか、ほんものの映画を撮りたい。そうつよく思った。

あらかたの荷物を片づけると、最後にマラケシュの露店で買ったランプがのこった。洗練された都市の空間に、アフリカから持って帰ってきた手作りの青いランプはどこかそぐわなかった。キッチンにランプをのこしたまま、自室に戻る。

おそらく物置として使用されることを想定した、窓のない六畳ほどの空間がおれの自室だった。他に部屋はあるのに、と不平そうに妻は言ったが、ここがいいのだと言ってずっと自室として使っている。壁に設置された三つのディスプレイと、学生時代から使っている安物のシングルベッド。天井まで届く棚には、本とディスクが詰まり、床まであふれている。狭くて暗い方が落ち着くし、この部屋では薬を使わなくてもよく眠れる。

久々に自分のベッドに寝そべって、そばに落ちていた本をひらく。モロッコに発つ直前にひらいて、読み切れていなかった中国のＳＦ小説だ。短編集なので、するすると読める。一時間ほどかけて読了し、息を吐いた。

自分の人生をまるごと使ってもこの世にあるすべての映画を観ることはできないし、すべての小説を読み切ることはできない、という事実をときどき思い出し、ぞっとする。

「いかなる書物といえども、すべて、中途半端な人生に関する中途半端な書物である」と、あるフランス文学の研究者が書いていた。いったんはじめたら、止められない。そのくせ最後まで完《かん》遂《すい》することは決してできない。映画も小説も、他の芸術もすべてそうだ。

つくりはじめる、ということ自体が、おそらく致命的な間違いだったのだ。あるいは観はじめること。読みはじめること。どれほどたくさんの作品を消費しても、最初の決定的な誤りを、罪を、贖《あがな》うことなどできない。

映画に近いものが撮れた、と初めて思えたのは、卒業制作が完成したときだった。東北の海辺の町を舞台にした、とある姉弟の話だ。人とうまく交わることができない姉と、自分の世界にかかりきりの画家の弟。ふたりは必然のように共に暮らしはじめ、厳冬の美しく澄明《ちょうめい》な景色のなかで、他の誰にも理解できない関係性を築いてゆく。『泡とコンクリート』と題したこの作品は国内のコンペティションで大賞を獲り、おれは商業デビューを果たした。

大学を出たあとは就職せず、ベテラン監督の助監督をつとめたり、インディーズバンドのミュージックビデオ作成等のこまごました仕事を受けた。そのかたわらで勉強をつづけ、アイデアを溜めた。撮りたい構図を、世界を、ひっそりと描いた。次作のために。

卒業から六年経った頃、ようやく次の映画をつくるチャンスが訪れた。

そうしておれは撮った。最初で最後、唯一無二の作品を。

おれの渾身。おれの王国――『アイリス』を。

がちゃん、と玄関の方で音がした。妻が帰宅したのだろう。廊下を進む足音、袋に入った荷物を置く音、蛇口をひねる音がつづく。

キッチンに置きっぱなしのランプを思い出し、ふいにすべてが面倒になった。立ち上がろうと起こしかけた体をふたたび横たえる。掛け布団をかぶったところで、扉が微かにノックされた。わずかに開く。

妻が、こちらの様子を窺っている気配がする。

「圏」

呼びかけというより、ひとりごとのような、小さな声だった。

寝たふりを続けていると、やがてドアが閉じた。どうして、起きあがって「ただいま」とひとこと言えなかったのだろう。土産を渡して、モロッコの話をして、妻の話も聞く。それをどうして、面倒だと感じてしまったのだろう。わからない。映画以外のことを考えるのが、最近ますます億劫だ。自分の人生を疎《おろそ》かにしたまま、虚構の他者を撮ることばかりに夢中になっている。眠気はまだやってこない。

家を出たときは小雨《こさめ》だったが、事務所に着くころには本降りになっていた。タクシーの窓に叩きつけられる雨粒が、幾筋もの流れに分岐して落下してゆく。傘を持ってきていなかったので、車から降りて小走りでビルに駆けこんだ。

ロビーで濡れた服を拭っていると、エレベーターから長身の若い男が出てきた。助監督のひとりである剱持《けんもち》だ。

「漆谷監督、お疲れ様です。ちょうどいま連絡しようかと」

「ごめん、時間ぎりぎりだね。もう準備できてる?」

「全員揃ってます。こちらです」

七階までのぼり、ずらりと並んだドアのひとつを剱持がひらく。足を踏み入れると、大勢の視線に射抜かれた。びっしりと並んだ、くろくおおきな眼。二十人の子役たちが、微動だにせず、背筋を正して坐っている。

前方には、すでに撮影監督の早瀬《はやせ》と、プロデューサーの志原《しはら》が着席していた。今年で五十になるという志原は、これまで国内の大作を数多く担当してきているベテランだ。細身のパンツスーツをまとい、足を組んだ姿勢で興味ぶかそうに子役たちを眺めている。彼女の隣、自分の名札が貼られた席に腰をおろすと、剱持がマイクを取った。

「漆谷監督が到着されましたので、これから映画『海を配る』のあまね役の最終オーディションをはじめていきたいと思います。監督、皆さんにひとことお願いできますか」

　マイクを手渡され、立ち上がる。

　四十の澄んだ瞳が、食い入るようにおれを見ている。

「はじめまして。漆谷です。あまねは、この映画のなかでとても重要な位置を占《し》める役です。みんなの本気を見せてください。おれも本気で選ぶので」

　言い終えた瞬間、会場の空気がさらに薄く、張りつめた。

「ちょっと漆谷くん。みんな怖がっちゃうよ」

　隣の志原が苦笑いしている。

　今の段階では、どう思われようと別にかまわない。むしろ怖がられた方が、萎縮《いしゅく》した状態の演技を見られてちょうど良い。

　現場ではもっと緊迫した空気になることもあるだろう。当然フォローはするが、ある程度は空気や精神状態に左右されず、安定した演技ができる子を選びたい。もしくは、緊張していてもなお魅力的な、美しい佇まいの子を。

　ふと、何年も前の夜のことを思い出す。腐った果実に似た、赤い月が出ていた夜。助監督としてかかわった映画の仕事で訪れた、東北の村の夏祭り。炎に照らされた瞳が、濡れてかがやいていた。このうえなく整った少年の顔立ちが、今も忘れられない。

　おれが見つけた、『アイリス』のかなめ。

　かれがいたから、あの作品をつくることができた。そんな子役を、今回は見つけることができるだろうか。

子どもたちは一人ずつおれたちの前に立ち、事前にこちらが指定したとおりの台詞で、スタッフとやりとりする。

「学校はきらい」

「どうしてきらいなの？」

「友だちに無視されるから。先生にもたくさん怒られる。あまねはどうしてそんなにゆっくり話すんだ、って。馬鹿にしてるのかって」

「家のひとに、それを言ったことある？」

「あるよ。ぜんぶ僕が悪いって。僕がいらないことばかり考えてるから、こんなことになるんだって。でもいつも、何を喋るか決めるのに、すごく時間がかかる。どうすればもっとうまくやれる？」

脚本のなかから、あえてネガティヴな表現を抜き出した。子役として活躍しているかれらのほとんどは、生活に余裕がある家庭で育っている。私立の小学校やインターナショナルスクールに通っている子も多い。

そんなかれらが、どうやって自分のなかから傷を掘り起こし、その痛みからどんな表情を取りだして見せてくれるのか。

子どもたちは、順番に台詞を口にしてゆく。大仰に嘆く子、淡々と話す子、緊張で台詞が飛んでしまい、涙ぐむが、それさえ絵になる子。

「どの子もいいですね」

早瀬に耳打ちされ、おれは曖昧にうなずく。

ほとんどが、事務所に所属している子役だ。悪くはない。だが決め手に欠ける。この子でなければ。この子を撮りたい。そう思える顔が、まだ現れない。

目が留まったのはラスト近く、十七人目の子だった。

一瞬性別を見紛《みまが》う、肩まで伸ばした栗色の髪。線が細く華奢で、長い睫毛を気だるく伏せている。潑剌《はつらつ》とした周りの子に埋もれて目立たないが、立ち姿が綺麗だった。

十七番が喋りはじめる。声は思いのほか落ち着いている。役に合わせてかなりゆっくり話しているが、不自然じゃない。あまねの鬱屈《うっくつ》が、そのままあらわれている。いいかもしれない。そう思った瞬間、目が合った。

こちらをまっすぐみつめる、黒い瞳。

この世に生まれてまだ十年も経っていないのに、すべての景色に退屈しきったような、諦念のまざったまなざし。ものうげだけれど、怒りに似た寂しさを瞳の奥に湛えている。

どこか、茂木瞳介に似ている。

おれは初めて、手元の資料に視線を落とした。

野坂葵。八歳。芸歴も八年。乳児の頃からコマーシャル等に出演。今はドラマ等の仕事をしながらインターナショナルスクールに通っている。映画への出演経験はない。

「この子がいいです」

おれは志原に言った。

「え？　いや、でもあと三人」

「もう大丈夫です。すいません、あとお願いします」

そう志原に耳打ちしてから、膝の上でパソコンをひらいた。脚本のデータを立ち上げ、あまねの台詞を順に確認してゆく。野坂葵のイメージを頭の隅に置きながら、台詞を微調整する。

志原は、すべての子役の演技が終わったあと立ち上がった。

「はい、では本日は皆さんありがとうございました。結果は後日、事務所経由でお伝えします」

別室で待機していた保護者や事務所のスタッフがあらわれ、子どもたちを連れてゆく。目の端で野坂葵を追っていると、母親らしき女性がやってきて、かれの手を握った。部屋を出る間際《まぎわ》、葵がちらりとこちらを向いた。まるで、見られていたことを知っていたかのように。

「いや、すんなり決まってよかったです」

早瀬が安堵したように言い、志原がうなずく。

果たしてよかったのか、とぼんやり思う。

さきほどのあの瞬間、『海を配る』で、葵が本格的に映画の世界に足を踏み入れることが決まった。おれが決めた。おれが、おれの虚構を構築するために、ひとつの本物の人生の道を定めたのだ。まるでしかるべき場所に小道具を配置するように、ひとりの子どもを選んだ。

あるいは、他の子どもを選ばなかった。

「みんな、今後の人生を変えてまで俳優になりたいんですかね」

そう呟くと、「当たり前じゃない」と志原が笑った。

「親の望みか、みずからの意志なのかはわからないけど。ここにきた、っていうことは、選ばれにきた、ってことだからね。漆谷くんに人生変えられたなら、本望じゃないの」

「幸せになれなくても？」

志原はじっとおれを見た。

「それはかれらの問題だよ。漆谷くんが考えることじゃない」

ペットボトルの茶を飲み干し、彼女は立ち上がった。

「あのね、ちいさいけど彼らもプロだよ。自分の仕事をしにきてる。君もいまさら腑抜《ふぬ》けたこと言ってないで、選んだからには使い尽くしてあげなさい」

志原たちが出ていったあと、おれは背もたれに体重を預けて天井を眺めた。がらんどうの会議室。子どもたちの、酸いようなあまい体臭がまだ漂っている。

そうだ。志原は正しい。

プロの子役とは、俳優とは、そのような職業なのだ。

かれらの澄んだ瞳に映る作品世界は、ハッピーエンドばかりじゃない。ときには醜く不条理な世界で役を演じることもあるだろう。

人が、人を使ってなにかを作るということ。映画。フィクション。この世の汚泥を煮つめた、人工の地獄のなかに、まるで生贄のように捧《ささ》げられる子役たち。作品が架空の世界だとしても、実際に役を演じ、役を生きたときの記憶はのこりつづける。自分自身の存在と、演じた役とのあわいにひらく傷口。それは少しずつ肥大し、やがて本物の人生までもを喰らってゆく。

ひとりの青年の姿が、ふいに浮かぶ。

あの夜、「顔立ちが気に入った」というだけの理由でおれに選ばれて、人生がまるごと変わってしまった人間。

『アイリス』での彼の演技は、巧かった。巧い、というより、正しかった。それは彼個人の才では、決してなかった。戌井、帆波、そして浮遊子。配置された俳優たちが、それぞれ互いの反射鏡となって、奇跡のように美しい幻像を瞳介の上に生じさせたのだ。

すべてがあるべき場所にあり、寸分の狂いもなかった。あの季節、あの場所、あの年齢のかれらを使うことで、おれは『アイリス』の世界をつくりだすことができた。もう二度と再現できない景色。

一瞬《ひとまたたき》の耀きが、少年の人生に君臨した。その後、彼は残光にすがりながらゆるやかに道をくだり、最後にはみずから芝居を辞めた。その過程で、彼はおそらく、たくさんのものを失った。もしおれと出会っていなければ、今頃はまともな幸福に身を浸して生きていられたかもしれない。

――それはかれらの問題だよ。漆谷くんが考えることじゃない。

志原の言葉に、おれはすがる。

プロ、という言葉に込められている地獄。世に出て、金をもらう。その代償として肉体を、人生を、文字どおりすべて捧げ尽くすこと。烈しく砕け散るほどの悦楽と、平らかに凪いだ絶望のはざまに、身を置くこと。舞台を降りたあとも、過去のひかりに肉を灼かれつづけること。

呪われているのだ。おれも。瞳介も。

ふかく息を吐く。

目を閉じる。もう一度、息を吐く。

仕事を、しなければ。

「最近、ちょっと根《こん》詰め過ぎじゃない？」

顔を見るなり、妻にそう言われた。午前九時。ダイニングで珈琲《コーヒー》をのんでいたおれの向かいに坐り、トーストを齧る。

「圏、しばらくまともに寝てないでしょう」

「脚本修正の作業が大詰めだから。晶だって、納期が近いと忙しくなるだろ」

「それはバタバタするときもあるけど、ある程度で妥協《だきょう》するよ。自分の体や人生がいちばん大事だし」

パンを食べ終えた妻が、思いついたように言った。

「そうだ、行き詰まってるなら気分転換しにいかない？　このあいだ、おいしそうなタイ料理の店を見つけて……」

「映画が観たい。なんでもいいから」

気づけばそう呟いていた。妻が「映画好きも、ここまでくるとすさまじいね」と笑う。

「なんでもいいなら私、観たい邦画があるんだけど。チケットあるかな」

スマホで調べ出した妻に「二枚取っておいて」と言い、シャワーを浴びた。戻ってくると、すでに妻は身支度を終えていた。

「取れたよ。十二時の回ね。ほら、早く準備して」

外に出ると、久方ぶりに浴びる陽光に眩暈がした。梅雨はまだ明けていないはずだが、よく晴れている。

妻はおろしたばかりらしいネイビーのジャンプスーツを纏っていた。ゴールドのバングル、婚約時に贈った時計、耳には小ぶりのダイヤモンドが光っている。結婚指輪をつけていないのはいつものことだ。仕事で裁縫するとき傷つけてしまうから、と前に言っていた。

タクシーで都心へ移動する。平日の白昼にもかかわらず、映画館は混んでいた。妻が発券してくれたチケットを手に、劇場へ入る。

医療系ドラマの銀幕版らしく、全く期待していなかったが、思いのほか演出がよく練られていた。ただ、構図が惜しい。おれならこう撮る、とそれぞれの場面でぼんやり考えているうちに、いつのまにか上映が終わっていた。

「どう？　けっこう良かったでしょ」

階段を降りながら得意げに言う妻に、「面白かったよ」と答える。嘘ではない。気分転換にはなった。

タクシーを拾い、妻が行きたいといっていたレストランに向かう。奥まった通りにある、半地下の店だった。白い漆喰《しっくい》の壁に、等間隔に並んだ黒いテーブル。鉄製の小ぶりの照明が点々と吊られていて、あかるい洞窟のような雰囲気だった。妻は海老と檸檬のパッタイ、おれはトムヤムクンを注文する。

白ワインで乾杯すると、妻は映画の感想を話し出した。適当に聞き流しながら、スマホで作品を調べる。監督は、名前を聞いたことのある若手の男性だった。ネットのレビューはどちらかといえば好意的なものが多かったが、酷評も散見された。撮りかたが分かっていない、俳優がきれいに見えない、ストーリーがありきたりすぎる、など。

どうでもいい、とブラウザを閉じた。観客の感想ほど、あてにしてはいけないものはない。かれらは気ままに審査する。金銭と引き換えに、無責任に、おれたちの渾身の作を消費する。プロである批評家も、似たようなものだ。依頼を受け、賛美する。あるいは徹底的に貶す。以前、デビュー作の『泡とコンクリート』を文芸批評家の梨島冬生《ふゆき》に酷評されたことがあった。浮遊子の父親でもある彼の言葉は、けれどおれのなかを素通りしていった。

おれは毀誉《きよ》褒貶《ほうへん》、どちらの意見も平等に無視することにしている。信じるのは自分のジャッジだけだ。おれはこの世のだれよりも、観客としての自分の目を信頼している。

子どものころから何千本と映画を観てきた。そんなプロの消費者としての自分を納得させられれば、それでいい。おれが心底から美しいと思える構図をつくれたなら、それはかならずだれかに満足をもたらすはずだった。

運ばれてきたトムヤムクンを口にすると、酸味が舌にひろがった。最近まともに食事をしていなかったせいか、唾液が止まらない。ほどよい辛味で、剝き身の海老の歯ざわりもつやつやと柔らかく、旨かった。あっという間に食べ終わると、妻が笑った。

「私、圏がものを食べるところを見るの好き。昔から」

「なんで？」

「細身だし、食にはぜんぜん興味ありません、みたいな顔してるくせに、食べるときは人の倍以上、がっつり気持ちよく食べ尽くすから。見ていて小気味良いの」

よくわからない、と思いながら水を干す。

会計は、「たまにはごちそうさせて」と妻が払ってくれた。帰りのタクシーで、うとうととまどろむ彼女をぼんやり眺める。

まるで友人同士で過ごすような一日。このくらいの距離感がちょうどよい、と思う。

大学の一般教養講義でおなじグループになり、成り行きで付き合い始めた。二十八歳のとき、周囲に言われるまま結婚した。話しやすいし、一緒にいて楽だ。なにより、仕事の邪魔にならない。おそらく妻も、おれに対して似たような感覚を抱いているに違いなかった。

もうずいぶん長いあいだ、キスもセックスもしていない。

友人と暮らす日々も悪くない、とおれは思う。今の生活を維持したい。これが互いにとって、もっとも都合の良いやり方であるかぎり。

マンションの前でタクシーが止まった。「着いたよ」と差しだしたおれの手を、妻がにぎる。乾いた細い指。彼女が路上に降り、おれたちは、どちらからともなく手を離す。


浅草寺《せんそうじ》のほおずき市に行きたい、と浮遊子からメッセージが届いた。脚本の修正がひと段落したところだったので、付き合うことにした。

「漆谷さん、人目につくところは避けたいんじゃないの?」

大きなバケットハットをかぶった浮遊子が、前髪の隙間からおれを見上げる。

「言い出したのはそっちだろ。取材になるだろうし、実質仕事みたいなものだから、別にいいよ」

「えー、仕事じゃないのに」

駅前でタクシーを降りると、湿った夜気に頬をなぶられた。

人びとの体温とざわめきが、澱《おり》のように街の底に溜まっている。夜店の看板があちこちで咲きほころび、呼び込みの声が星のない夜空にひびいている。

巨大な紅い提灯の傍を抜け、浴衣姿の客でごった返す仲見世《なかみせ》通りを進んだ。仁王像の並ぶ門の辺りから、酸漿《ほおずき》を商う屋台があらわれはじめる。

門を潜り抜けると、突如視界が明るんだ。

数えきれないほどの酸漿の屋台が並んでいる。宙に吊られた植木鉢や、ひとまとまりになって並んだ枝。半透明の青い茎に鈴なりになった、幾千幾万もの緋色の実。

思わず、サングラスを取った。まるで、蘭鋳《らんちゅう》の肉瘤《にくりゅう》が群れ咲いているようだった。ねったりと重たく濁った夏の夜の大気を埋め尽くす、おびただしい数の紅い魚群。その烈しい色からは、植物の涼やかさは微塵《みじん》も感じられない。

「グロテスクだね」

浮遊子はうっとりと呟く。その横顔こそが幽鬼めいて美しい、とおれは口にはしない。

大通りを逸れると屋台はさらに密集し、ちいさな森と小路を形成していた。

屋台の電球がはなつ金色のひかりが、気泡にも似た塵や埃を照らし出し、あおあおとひかる葉が水草のようにゆらめく。石畳《いしだたみ》も、頬を火照《ほて》らせ行きかうひとびとの横顔も、猛り茂った藤棚も、なにもかもが酸漿の照り映えをうけて耀いていた。

浮遊子が、一軒の屋台の前で足を止めた。おおきな瓶のなかで、水に浸されたいくつもの酸漿が浮き沈みしている。

店番をしていた女性が、「綺麗でしょう」と微笑んだ。

「透かし酸漿っていうんですよ。水に浸けて、萼を腐らせてつくるんです」

おれはしゃがみこみ、瓶のなかの世界を見つめた。

水中で半身が腐り溶け、葉脈の骨格をさらした酸漿たちは、まるで極小の建築物だった。硝子の奥から射しこむ露店のひかりが、ほつれかかった半透明の繊維に濾されてオレンジにいろづき、剝きだしになった精緻な網状の葉脈を淡く照らしだしている。檻の中心には、肉質の紅い月があかあかと浮かんでいた。いつかの祭りの夜の記憶が頭をよぎる。

「ね、来てよかったでしょ」

いつのまにか買ったらしい鈴なりの酸漿を、子どものように振り回しながら浮遊子が言った。

おれは「このあとは？」と訊く。

「空いてるよ。いつものとこ行く？　あ、でも予約してない」

「してある」

そう言うと、浮遊子はうれしそうに笑った。

「漆谷さんは、ずるいなあ」

「ずるいのは、だめか」

「だめじゃないよ。好きだなと思って」

タクシーで六本木に向かい、黒いビルの前で降りる。供されるごく少量の料理を食べてから、地下のホテルをめざした。酸漿をもったままの腕をシーツに縫いつけ、ふかくくちづけた。赤い実が、乾いた音をたてて床に落ちる。

浮遊子のからだは、じんわりと汗ばんでいた。乳房を舐めると塩からい。つづけざまに二度交わった。

「余裕ないの、めずらしいね」

肩で息をしながら、浮遊子が言った。

「そうかな」

「漆谷さんって、だれといてもべつのこと考えてるでしょう。でも今は、きもちいいことだけで頭をいっぱいにしてくれてる気がする」

「浮遊子としてるときは、浮遊子のことを考えてる」

「なにそれ。漆谷さんは、いつも嘘ばっかだね」

彼女はからからと笑った。

どっちが、と思う。いつも他のことを考えているのも、嘘ばかり吐くのも、おまえの方だろう。

「なんだっていいけどね。わたしは漆谷さんが好きだから」

床に転がった酸漿をつまさきで弄る浮遊子に、おれは訊いてみた。

「そういや、瞳介くんは元気？」

「元気だと思うよ。最近会ってないからわかんないけど」

浮遊子は、『アイリス』で共演していた茂木瞳介と関係をもっている。彼女がおれに話したのだ。あまさず、すべてを。

知ったときは驚かなかった。子どものころから、瞳介も浮遊子も、おなじ質の仄暗さをもっていた。だからおれは、兄妹としてふたりを選んだ。惹かれ合うのも当然だ。

けれど長くは続かないだろう、とも思っていた。

戌井から、瞳介が芸能界をやめて大学生になったことは聞いていた。彼は、浮遊子の暮らす世界に背を向け、離れてゆこうとしている。

正しい選択だと感じた。彼は『アイリス』という呪いと祝福によって歪んだ自分の人生を、なんとか元の形に戻そうと試みている。それでいい。半端な覚悟では、浮遊子を救うことも、浮遊子とともに落下してゆくこともできない。

「大学で彼女でもつくったんじゃないのか。良いことだよ」

冗談半分で言ってみると、浮遊子は首をかしげた。

「どうだろ。いるのかもね」

「しないの？　嫉妬とか」

「なんで？　お兄ちゃんは、お兄ちゃんだし」

そう、あっけらかんと言い放つ。

瞳介に引き換え、浮遊子はいつまでも大人になれないでいる。からっぽの、幼い少女。あらゆることに無自覚で、自分の演技を除く一切に興味がない。

本質的に空虚であるからこそ、己の中に虚構を充溢させることができるのだろう。ただの媒体であり、器であることは、俳優としてもっともすぐれた才でもある。

絶えずうつろで、すがりつけるものを捜している。うつくしい幽霊が彷徨《さまよ》うように。そうして憑いた作品世界でつかのま肉を得て呼吸し、また次の世界へと移るのだ。

「もうすぐ帆波さんのお墓参りがあるじゃん。漆谷さんも瞳介に会えるよ」

「向こうはおれに会いたがってないだろ」

浮遊子は微笑んだ。

「そんなことない。瞳介は、今でも『アイリス』が大好きなんだから」

いつしか夜が更けていた。アプリでタクシーを二台呼び、身支度を整える。部屋を出るとき、浮遊子は酸漿を棄てていった。ごみ箱の底でひかる赤は、地獄のちいさな花のようだった。

助監督の剱持から、撮影のスケジュールが決まったという連絡が届いた。十一月一日から、二週間。ロケ地は、事前に希望していた東京郊外の団地街で確定した。撮影が始まるまでに、何度か足を運んでおきたい。台詞の読み合わせや事前の打ち合わせで、これから忙しくなる。

電話したいというメッセージに今は無理だと返信したところで、タクシーが停まった。車から降りたとたん、汗が噴きだした。皮膚にまつわりつく熱気。風はなく、大気はじっとりと停滞している。

待ち合わせの時間まで、あと十五分もある。毎年訪れているこの駅にはコンビニがない。暑さをすこしでもしのごうと木陰に移動し、煙草に火をつけた。

三本目を喫いはじめたとき、駅舎から一人の青年があらわれた。

茂木瞳介。グレーのシャツに、スラックス。身長はそれほど高くない。顔の造形は整っているが、切れ長の目のせいかきつい印象をもつ。

ひさしぶり、と声をかけると、彼はぎごちなく会釈した。曖昧な表情にはやはり独特の陰翳があり、大学ではひそかに人気があるのだろうなとぼんやり思う。今も芝居を続けていたなら、魅力的な役者になったかもしれない。

おれに誘われるままこの世界に入ってきた瞳介は、最後は自らの意志でこの世界から出ていった。「自分には才能がない」という理由で彼は芸能の仕事を辞めたのだと、浮遊子からは聞いていた。

映画の世界に引き入れた責任を感じる一方で、才能の有無などどうだっていい、とも思う。才能についてとやかく言うのはいつだって周囲の人間だ。そんな他者の言葉など、まともに聞く必要はない。ただ、自分が好きだと思える作品を、自分でつくりつづけるだけだ。もしつくれないのなら、満足するクオリティに達するまで練習すればいい。

瞳介はおそらく、芝居をそれほど好きになれなかったのだろう。

時間ぴったりに、戌井がやってきた。つづけて浮遊子も到着し、四人で墓地のある山の方へ向かう。

帆波智子が亡くなったのは、ちょうど五年前の夏だった。告別式の光景を覚えている。俳優として長年活躍してきた彼女の遺影は、幸福そうに微笑んでいた。

墓前でおれは膝を折り、深く頭を下げた。一緒に仕事をしたのは『アイリス』だけだったが、彼女はすばらしい俳優だった。自らの人生も充実させつつ、フィクションの世界においても豊かなパフォーマンスをみせてくれた。決して派手な役どころではなかったが、あの作品世界において決して欠くことのできない存在だった。

黙禱《もくとう》が終わると、浮遊子は煙草を喫いにその場を離れた。

戌井がおだやかな表情で、瞳介に話しかけている。実際に大きな息子が二人いるという彼は、今も保護者のような立場で瞳介や浮遊子を見守っている。瞳介のそばに戌井や帆波のような大人がいてよかった、と思う。

瞳介をスカウトしたとき、彼の母親と話した。甲高い声に、過剰な反応。ひとの話をきかず、自分の主張や理想をひたすらまくしたてる。おれがもっとも苦手とするタイプだった。父親はほとんど家によりつかないのだと、幼い瞳介は言っていた。

彼に対して、仕事以外の場所でもっとなにか援助をしたり、話をきいてやるべきだったのだろうか。けれどおれは、おれの世界を統治することで手いっぱいだった。今もなお。

おれが人とかかわることができるのは、自分の作品を通してのみだ。だれかを救うときも。傷つけるときも。

瞳介に煙草を差し出すと、彼はゆらりとこちらを睨んだ。怯えと憎しみが混ざったようなまなざしで、おれをなじる。

「浮遊子はあんたの所有物でもなんでもない。真剣に交際するのなら、先に奥さんと別れて」

思わず笑いが洩れる。

大仰に責め立てられる謂れなどない。浮遊子との関係は、おれにとって遊び以下だ。浮遊子にしてもおなじだろう。ただの、暇つぶし。互いの欲と熱を、互いの身体で散らしているだけ。どこにも行きつかない。目的も理由もない。

浮遊子にとっては瞳介こそが、無二の存在だ。おれが干渉できる隙などない。拗れ絡まった、面倒で、倒錯《とうさく》的で、濃密な、ふたりきりの世界。

瞳介の顔が、ゆっくりとゆがんでゆく。怒り泣きだす直前の子どもを思わせる、あやうさとあどけなさ。良い表情だ、とおれは思う。芝居を続けていれば、きっと大成しただろうに。

駅前で待っていた戌井たちと合流し、それぞれにタクシーを呼んで解散した。

プライベートで友人のいない浮遊子が、ゆいいつ心をゆるす相手が瞳介だ。おれに対するのとおなじく、本気で恋をしているわけではないだろう。けれど瞳介は確実に、浮遊子という虚《うつ》ろに彷徨する存在を支えている。

帰宅すると、妻はいつものように外出していた。冷蔵庫に残っていた惣菜をつまみながら、葵との契約書面を確認する。

『アイリス』のときは、瞳介を兄役に決めたあとで、彼に見合う妹役の子役をさがした。オーディションではなく、候補の子にこちらから声をかけてまわったが、ぴんとくる役者をなかなか見つけられなかった。悩んでいたときにプロデューサーの紹介で、梨島紀史子に連れられてあらわれたのが、浮遊子だった。

彼女の芝居は、当時からおそろしく巧かった。それが素なのか演技なのか、わからないくらいに。カメラが回っていないときも、大人からの問いかけには子どもらしくない泰然とした態度で受け答えをしていた。あざとさや媚《こび》が一切なく、背伸びもしない。ただ、一人の俳優としてそこに立っている。そのシンプルな佇まいが気に入って、おれは浮遊子を選んだ。

養父母の役をベテランの俳優に任せることに決まってから、おれは四人の共同生活を企画した。実際にひとつ屋根の下で全員がいっしょに過ごすことで、演技だけでは生まれない空気が得られると考えた。まるで人形でままごとをするこどものように、おれはかれらに手をつながせたのだ。

ほんとうの家族のように暮らす四人を、おれはすこし離れたところからずっと見ていた。つくりものの設定のなかで、交歓が生じる。仮構と現実がまざりあう。

四人の笑い声を、おれは部屋で仕事をしながら聴いていた。この仕事はうまくいくだろう、と直感した。おれは幸福で、同時になぜかひどく泣きたいような気持ちだった。

メールに返信し、ソファに横になる。睡眠薬をのむ前に眠気が押しよせてきたので、そのまま身を任せた。

「監督、車きました」

剱持の声におれはスタッフとともにビルを出て、ワゴン車に乗りこんだ。繁茂するコード類や機材の奥で、早瀬が電話で別の車に乗ったスタッフたちに指示を出している。

「今日は各現場を夜までおさえてあるので、じっくり見て頂いて大丈夫です」

運転席の剱持が言う。

撮影で使う団地街には、もう何度も訪れている。今日は来週からはじまる撮影にそなえて、最終確認を行う予定だった。現場のアパートに着くと、スタッフたちはせわしなく動きはじめた。おれも機材の位置や時間帯による陽ざしの加減、撮影中の動線などをチェックする。つづけてあまねの通う小学校の視察を行った。各教室の窓の方角と、機材の運びこみのルートを確認する。

さらに車で移動し、浮遊子が演じる彫り師の女性――深森《ミモリ》の部屋を見に行く。セットでの撮影もスタッフから提案されたが、かつて実際に人が暮らしていた部屋の空気感は、スタジオではつくれない。

深森が自宅兼タトゥーの施術所として使用している部屋、という設定に従い、仕事道具と生活用品がないまぜの渾沌とした、けれどどこか統一感のある空間をめざしていた。

こぢんまりとしたキッチンと、たっぷりの観葉植物。廊下には海外の画集や写真集が乱雑に積まれている。棚には深森がふだん身に着けている大ぶりのシルバーアクセサリーが並び、ベッドの周りにもハンドクリームや目薬が散らばっていた。

「監督、本棚に入れる本の候補なんですが、ご確認頂いてもよろしいでしょうか」

スタッフからリストを手渡され、各タイトルに○と×をつけてゆく。迷いなく。おれは完成した部屋の景色を細部まではっきり思い描くことができるし、またそうでなければならない。

映画監督は自分の世界をすみずみに至るまで知り尽くし、それを完全に、正確に再現することが仕事だ。箱庭をつくるようにセットを緻密《ちみつ》に構成し、選びぬいた小道具を適切な場所に配置する。

ひとつひとつの作業は各スタッフが担当するとしても、最後にそのかたちを採用するかどうか決めるのは、おれなのだ。決定には責任が伴い、ゆえに妥協はできない。微かな違和感も逃さないよう、自分のなかの基準を研ぎ澄ます。

視察にきた志原と最終確認を行い、今日の作業が終わった。帰宅してすぐ、パッキングを始めた。撮影のときは、いちいち家に帰る時間がもったいないので、いつもロケ地近くのホテルに泊まっている。脚本を書き換える必要が生じた際も、そのまま部屋で作業できる。

化粧水と乳液をちいさな容器に移し替えていると、とつぜん洗面所の扉があいた。妻だった。ヌーディーなベージュのアイシャドウに、ブラウンリップ。淡いグレーのワンピースに、ライダースをはおっている。

おれを見て、微かに目を見ひらく。たしか女友だちと夕食に行くと言っていたが、まだ出かけていなかったのか。

「あれ、帰ってたの。今日から泊まりかと思ってた」

言いながら、棚にずらりと並んだ香水瓶から、ひとつを取りだす。エタ・リーブル・ド・オランジェの、〝世界の終わり〟という一本だ。からりと芳ばしく、どこかものがなしいキャラメルポップコーンの香りを、妻は慣れた所作で纏ってゆく。

「出かけるのは月曜からだよ。二週間、撮影で泊まりこむから」

「わかった。気をつけてね」

ばたばたと妻が出ていく。残香漂う洗面所で支度を済ませ、キャリーを閉じる。シャワーを浴びてからサラダチキンとクラッカーで夕食を済ませ、睡眠薬をのんで早々にベッドに入った。

気に入りの香りと服を身に着けた妻は、これから恋人に会いに行くのだろう。

どうだっていい。

おれは寝返りを打ち、数日後から始まる撮影のことを考える。機材のこと、俳優たちのこと、スタッフのこと。不備はないか。トラブルが起きた場合の対応は。さまざまな可能性に思いをめぐらせながら、けれどおれはクランクインが楽しみで仕方なかった。

——いっしょに『アイリス』を超えようね。

いつかの浮遊子の声。

終末のあまい香りが、鼻先をよぎる。

寝返りを打つとすみやかに眠気が降りてきて、意識を手ばなした。

「葵くん、準備できました」

メイク担当のスタッフが脇に退《しりぞ》くと、葵がゆっくりと顔をあげた。

瞬間、撃たれたように背骨が震えた。

そこには、おれの思い描いたとおりのあまねがいた。うっそりと昏いまなざし。アパートの狭い一室で忙しなく立ち働く大人たちの向こうから、まっすぐおれを見ている。

ため息が出る。逸材だ。この子を見つけ出すことができてよかった。

「いいね。すごくいい」

近づいてしゃがみ込み、そう告げる。葵はかすかに口元をゆるめてみせた。

初日の撮影は、葵の演じるあまねがメインのシーンばかりだった。まだ出番はないが、浮遊子も現場に見学に来ている。

スタッフを集めて最後の確認を取ったあと、それぞれ配置につく。

カメラが回りはじめると、葵はすっと表情をつくった。あまねは父親にネグレクトをされて育ち、学校でもひどいいじめを受けている。長いあいだ不登校の状態がつづいていて、昼間はひとりでぼんやりと過ごしている。

あまねの世界には色がない。数ヶ月前のある日、目が覚めるとすべての色彩が消失していたのだ。合わせて本編の大半は、モノクロで撮影することになっていた。むずかしい設定の演技だったが、葵はつねに目を伏せて瞳のなかに影をつくりだし、色のない世界に生きるあまねをうまく表現していた。

箱庭めいたセットのなかで、葵はあまねとして一日を過ごす。大半は眠って過ごし、起きると賞味期限の切れたカップ麺をかじり、ひとりで教科書を読み、つみきで遊び、また眠る。

おれやスタッフの曖昧なニュアンスの指示に対しても、葵は的確に応じる。最初の撮影は予定より遙かにスムーズに進み、終了した。

「葵くん、すごく上手だね。びっくりした」

片づけの作業を行うスタッフの間を縫って、浮遊子が近づいてきた。

彼女がほかの俳優を褒めることは滅多にない。「よかっただろ?」とおれは笑った。

「子どもの頃の浮遊子とおなじくらい巧いよ。それに顔もきれいだ」

「漆谷監督、ほんと面食いだよね。あと昔のわたしの方が巧い」

「はいはい」

翌日からは、浮遊子も撮影に参加した。食べものがなくなって久々に外に出たあまねは、陽ざしに眩《くら》んで坐りこんでしまう。人びとが無視して通り過ぎる中、大丈夫かと彼に声をかけたのが、深森だ。

彼女は、それまであまねの周りにいた大人たちと全くちがう存在だった。少年のように痩せていて、髪を白銀に染めている。もっとも目を惹くのは、全身に刻まれたタトゥーだ。百足《むかで》、蛸《たこ》、蛇、ほかにもグロテスクなどうぶつたちがびっしりと、白い肌の上であおく静かに呼吸している。撮影用に施した一時的なジャグアタトゥーだが、充分以上の迫力だった。

その異様な美しさもさることながら、浮遊子の演技は、やはりずば抜けて巧みだった。見せかけの表情や声色などではない。それが演技であると、カメラやセットがなければきっとだれも気づかない。

おそらく彼女自身も、今この瞬間も他者によって目撃され、撮影されているとは想像だにしていないのだろう。深森は、深森自身の生に夢中になっている。

さすがに気圧《けお》されたのか、葵はいくつかのシーンでつまずいた。釣り堀やスカイツリーでいっしょに遊んだはずの浮遊子が別人のように、というよりまさしく別人となって、眼前に在る。戸惑いが手に取るようにわかった。

昼休憩で、葵を呼び寄せる。弁当をつつきながら、軽く訊いてみた。

「どう？　浮遊子、すごかっただろ。怖かった？」

「……こわくない。負けたくない」

少しむきになった葵の頭を、笑って撫でる。

「浮遊子と張り合う必要はない。一緒に作品を作ってゆく味方として、これ以上頼りになる相手はいないよ。浮遊子の演技を、技術としてしっかり見ておくといい。絶対に、将来思い出すときがくるから」

俳優は、目の前の相手と敵対してはいけない。役柄のレベルではなく、生体の、一個体として。戦闘ではなく、舞踏のように。なるべくなめらかに、穏やかに、息を同期してゆくべきなのだ。

高い技術を持った俳優と共演すると、自分まで巧くなった気がするという話をよくきく。浮遊子のような役者は周囲の呼吸を自らに取り込み、合わせ、全体をゆるやかにまとめてゆく。まるで、複数の手肢をもつひとつの生きものになったかのように、芝居の場が、空気ごと、世界ごと、蠢きだす。息がうねり、まとまり、波打って、蠕動する。

演者、エキストラ、スタッフ、監督、すべての区分が消失し、全員が一体となって作品世界を呼吸する。そんな現場が、おれの理想だった。――『アイリス』のときのような。

撮影五日目にさしかかる頃には、葵は調子を取り戻していた。あまねは深森のタトゥースタジオに通うようになり、しだいに恋とも友情ともつかない感情を抱いてゆく。自分の肌にも綺麗な絵がほしい、そうすればおまもりになる、と言うあまねの手首に、深森は油性マジックで貝殻《かいがら》と海星《ひとで》を描く。

「こんなのいやだ。ずっと消えない、本物のタトゥーがいい」

駄々をこねるあまねに、深森は言う。

「すぐに消えるものはさびしい。でも、ずっとのこるものはもっとさびしい」

夕暮れのひかりが、部屋いっぱいにさしこんでいた。壁にかかったワンピース。ピンで留められた褪せたポストカード。いびつに茂ったシェフレラ。パキラ。雑然と美しい、小さな王国の中心で、深森はかなしく微笑んでいる。

ぞくりと鳥肌が立つ。翳も表情も、完璧だ。

カットを入れるべきタイミングだったが、やめた。ここはなんとか長回しで撮りきりたい。

彼女の肌に、たびたび痣《あざ》や傷が浮かび上がっていることに、あまねは気づいていた。訊ねると、深森はためらったあと、口をひらく。海のすぐそばで生まれ育った彼女は、幼少時から父親から暴力を受け、自身も自傷を続けていた。

高校卒業後、上京してバーで働きだした深森は、そこで知り合った彫り師の男に恋をして、いくつもタトゥーを彫ってもらう。男と長年ともに過ごすうち、やがて深森も彫り師を志すようになり、ついに独立した。

「あたしみたいにさびしい女の子たちの肌に、海をつくる。海を配る。指先から、あたしの孤独の一部を分け与える。それがあたしの仕事」

肌の上に、絵のかたちをした傷をつくるということ。創ることと損なうことがイコールである特異な営み。

「今まで、どんな絵を彫ってきたの？」

「魚、蛸、竜《たつ》の落とし子、リュウグウノツカイとか」

海をモチーフにした刺青《いれずみ》ばかりだね、と深森は笑う。できるだけ故郷から遠くへいきたいと思ってたのに。

「最近、恋人が暴力を揮うようになってきて。あんなにやさしい人だったのに。お父さんが言ってた。おまえが悪いんだ、って。おまえが全部、おかしくさせるんだ、って。結局、あたしはどこにもいけないのかもしれない」

「カット！」

とたんに、はりつめていた場の空気が弛《し》緩《かん》する。メイクスタッフに髪を整えられながら、浮遊子がこちらを流し見た。昏く射るような、凄《せい》絶《ぜつ》なまなざし。

そこにまさしく、深森が立っていた。

おれがつくった業《ごう》、おれがつくった過去、おれがつくった傷を背負って、そこに。

恐怖と恍惚で、叫びだしそうになる。おまえはおれを許さないだろう。裁くだろう。罰するだろう。

次の瞬間、浮遊子はふわりと表情を崩してみせた。深森の気配は、あとかたもなく消えていた。屈託のない、からっぽの笑顔。

『アイリス』の頃の、幼い浮遊子がよみがえる。

こんなふうに育ってしまって、この子はこれから先、一体どこまでいってしまうのだろう。ほとんど危惧《きぐ》に近いそんな念が浮かぶが、すぐにかき消す。おれの仕事は、彼女の天才を使い尽くし、作品をつくることだ。個人としての浮遊子の人生を、憂慮《ゆうりょ》する余裕も、権利も、もっていない。

週末、撮影がない二日間で、おれは残りの脚本を微修正した。浮遊子が演じる深森の印象に従い、台詞の語尾や仕草をすこしずつ変えてゆく。

作業が完了したのは、日曜日の夕方だった。ホテルのジムに行き、体を動かしてシャワーを浴びる。ゼリー飲料とくだもので夕食を済ませ、自宅から持ち込んだ本をひらいた。タルコフスキーの『映像のポエジア』。学生時代から、もう何度も読み返している。本の重さも、黄ばんだページも、ひどく手になじむ。心を落ち着かせたいときや眠れないとき、幾度となくめくって過ごしてきた。

——芸術家ほど不自由な人間は存在しない。芸術家は自分の天分と使命——つまり自分の天分に仕えることを通して民衆に仕えるという自分の使命に、束縛されている。

睡眠薬をのみこんで、散らかったベッドの上に倒れる。吐き気がこみあげてくるがなんとか堪《こら》えた。眩暈がする。連日の疲労で、心身ともに限界だった。

明日からまた撮影だ。残り時間は七日間。這ってでも、撮り切らなければ。

トラブルが起きたのは、週半ばだった。大型の低気圧が直撃し、天候が大きく崩れたのだ。もちろん悪天候は想定してスケジュールを組んでいたが、予想外の規模で、予備日も撮影は難しいとの判断だった。とにかく撮れるところだけでも、ということで、室内のラスト近くのシーンを先に撮影することになった。

あまねがいつものように深森の家に行くと、なにか様子がおかしい。鍵は開いていて、深森の姿はどこにもない。浴室を覗いたあまねは、息をのむ。そこには見知らぬ男の死体があった。そばに、血まみれになった深森が震えている。何があったのかと問いただすと、深森はとぎれとぎれに話し出す。

「彼といつもみたいに言い争いになって、殴られて。そしたら彼が、包丁を、もってきて。なにかのんでたんだと思う、たぶん、薬か、お酒か。それで揉み合ってるうちに、急に彼が叫んで、倒れたの。あたしはなんにも知らない、ほんとうに、知らないうちに……」

「ねえ、それ」

あまねが、深森の脇腹を指さす。ぱっくりと黒くひらいた傷がアップになる。

「病院にいこう。それか、救急車」

うろたえるあまねの手首を、深森が握る。

「いらない。それより、あまね。行きたいところがあるの」

ひとまずそこで、カットをかけた。

脚本では、ここからふたりで家を出て電車に乗り、海をめざす。辿りついた砂浜で坐りこんだ深森を、あまねが抱きしめる。血の匂いと肌の温度を、産毛がみえるほどのアップで表現し、そのままあまねの顔を撮る。目のなかに夕陽の赤が反射し、そこからモノクロの映像が一転、燃えるように凄絶な夕陽がスクリーンいっぱいにひろがる予定だった。

けれど今、外では豪雨が続いている。

ロケ地として千葉にあるホテルのプライベートビーチを確保していたが、担当者から撮影延期の要請がきていた。リスケジュールが現実的な判断だったが、次クールのドラマがすぐにクランクインするため、浮遊子の予定が押さえられない。早くても数ヶ月は先になる。

「上映開始日の後ろ倒しも視野に入れて、志原さんに相談した方がいいと思います」

劔持は言うが、志原は十中八九、再撮影を望まない。追加の費用が馬鹿にならないからだ。最悪の場合、脚本の書き直しを求めてくるだろう。

どうすれば良いのか。最善の選択はなんだ。

窓の外を眺めていた浮遊子が、ふいに振り向いた。

「いいよ。今の脚本で、このまま撮って」

「は？」

「雨でも撮れるよ。わたしがなんとかする」

「いや、なに言ってんの」

笑って返したが、彼女は笑わなかった。

「……葵はどうする」

しばらく考えてから、おれは訊いた。浮遊子なら、あるいはできるかもしれない。最初から雨の予定だったと言わんばかりの、完璧な演技が。でも、彼は。

「想定外の現場で、実力以上のパフォーマンスができるほどの経験がないだろう」

「わかってる。それも含めて、わたしに任せて」

浮遊子は言った。

「お願い。一度だけ、わたしで試してみて。だめだったら、棄てていいから」

彼女の瞳が、濡れ濡れとひかっている。滾《たぎ》る昂奮で、目元はほんのり紅く染まっていた。

獣が肉を骨までしゃぶるみたいに。

おまえは、おれの世界を使い尽くす。

「劔持くん、予定通り撮るよ」

そう声をかけると、彼は「え?」と間の抜けた声を洩らした。

「構成そのままで、いったん通しで撮る。使えそうなら使うし、駄目ならおれから志原さんに言う」

「了解です。ロケ地はどうしますか」

「駅の近くがいいな。できれば田舎の、小規模で人通りの少ない駅前の道路とか、空き地があれば」

とはいっても、撮影当日にロケの許可を得られる土地などないだろう。そもそもロケハンをしていないため、イメージが全くつかない。

「いつもの駅はどう?」

浮遊子が言った。

「帆波さんのお墓参りでみんなが集まる、あの駅は?」

車からおりた瞬間、横殴りの雨でずぶ濡れになった。レインウェアを着たスタッフが、機材の設営に走り回っている。駅舎を出てすぐ、資材置き場として使われている小さな空間が撮影現場だった。

「うわあ、雨ひどいな。ますます強くなってる」

続けておりてきた浮遊子は、どこか楽しげだった。不安そうな葵とは反対に、辺りをきょろきょろと見渡している。

剱持の問い合わせに、駅の広報担当者はすぐ応えてくれた。私鉄のちいさな駅ということもあり、通行人の邪魔にならなければ駅の敷地は好きに使ってくれていいとのことだった。もっともこの雨で、通りを行く人影は全くなかったが。

スタッフたちの顔は、心なしかこわばっていた。イレギュラーな現場で、空気もどこかひりついている。剱持も冷静に指示を出しているが、不安げな表情は隠しきれていない。おれは手をあげて彼を呼んだ。

「日没まで何時間？」

「三時間です。続行で大丈夫ですか」

「進めて。浮遊子、葵くん、ちょっといい？」

スタッフの差す傘の下で、ふたりは椅子に坐っていた。葵はひどく緊張した面持ちだ。膝の上で両手をかたく握っている。一方浮遊子はいつもどおり、感情の読めない顔で辺りを眺めていた。

葵に視線を合わせるため、おれは膝をついた。

「深森とあまねは海をめざすけれど、途中で深森が力尽きる。海にはいけない。でも、台詞は予定どおりだ。何も変えないで。あまねがラストで色を取り戻し、海を静かに見つめるところもそのまま」

「海はないのに？」

葵がおずおずと言う。

「海はないのに、だ。いいか、あまねは海それ自体に惹かれたんじゃない。取り戻した色彩に見とれているわけでもない。深森の死というできごとがあってもなお在りつづけるこの世界におののき、おびえ、同時に魅入られてるんだ」

葵は心もとないような顔で黙っている。浮遊子は彼の手をにぎって、そっと微笑んだ。

「大丈夫だよ、葵くん。むずかしく考えないで、ただわたしを見ていて。深森が死んだあとの演技に必要なものを、ぜんぶあげるから」

準備できました、と劔持が声をかけてくる。おれは立ち上がり、レインコートをはおった。スタッフと俳優で最後の確認を行ったあと、それぞれが位置につく。

「電車をおりるシーンは別で撮るから。深森が頽れるところからラストまで。はじめていいか？」

浮遊子がうなずいた。すでに瞳が昏い。カメラが、まわりはじめる。

豪雨《ごうう》のなか、ふたりは手をつないで歩いている。ふいに、深森がふらつく。すこし先を行くあまねはまだ気づかない。二、三歩進んだところで、深森はゆっくりと倒れ込む。手をひっぱられ、ようやくあまねが振り返る。

「深森？　どうしたの？」

彼女はぐったりと動かない。フェンスにもたれて荒い呼吸を繰り返している。脇腹をおさえる右手の指の隙間から、血が滲む。顔は血の気が引いて青ざめ、唇はほとんど真っ白だ。目の焦点は合っておらず、伏せた睫毛がときおり痙攣《けいれん》する。

ほんとうに、具合が悪いんじゃないのか。

スタッフたちもおなじことを考えたのか、皆わずかに身を乗り出す。血のりを仕込んだメイクの担当者さえも、息を飲んで深森を見つめている。

「海、ついた？」

かすれた声で、深森が言う。

「ついたよ」

あまねはとっさに嘘をつく。焦りと恐怖を滲ませて。

「ついたから、起きて、深森」

余裕がなく口調がかたいが、カットはかけない。それでいい。あまねの恐れが伝わってくる。雨に濡れて額にべったりとはりついた前髪をはらうことも忘れている。ほとんど泣きそうな素の表情が、すばらしい。

「起きてるってば。ちゃんと見えてるよ、海」

夢見るように、深森はつぶやく。脈が、ゆるやかに弱くなってゆく。ごろごろと喘鳴がつづき、ちいさく喘ぐような呼吸にかわる。あまねがごくりと唾をのんだ。葵の演技じゃない。あきらかに、動揺している。

葵だけではない。おれも含め、その場にいる誰もが緊張し、混乱していた。

まさに今、死んでいこうとする人間がそこにいた。

ここ最近のドラマで見せた演技とは、レベルがちがう。おなじ人間だと思えない。もしかしたら、とおれは考える。想定外の現場という、百パーセント以上の力を出さなければならないシチュエーションだからこそ、彼女の地力が発揮されたのかもしれない。他の俳優ならプレッシャーに負けてしまう場面でも、浮遊子は他者の視線など意に介さず、自分の世界、自分の演技にいつもどおりのめりこむことができる。

いったい彼女は何なんだ。幽霊。怪物。媒体。そんなものじゃない。

喩えるなら、尸童《よりまし》。

その肉に神を招き、神と成って遊ぶこども。

彼女の前では、すべてが贄でしかない。葵も、おれも、脚本も、映画という芸術すべてが、浮遊子のために捧げられる供物だった。

いまこの瞬間、彼女はこの世のものではない法悦のなかにいるのだろう。

自分が自分でなくなる時間。ただただ無心で、あそび惚《ほう》ける時間。

気づけばおれは、祈るように手を組んでいた。人外《じんがい》の域に立つことの、悦びと苦しみを知っている。おれにはわかる。おまえの天才が、その生きづらさが、虚構に生きる快楽が、理解できる。

おれは、おまえが存分に遊ぶための庭をつくってやれる。いっときだけでも、おまえを世界から解放してやれる。

だからどうか。

おまえも、おれを救ってくれ。

「深森」

あまねが潤んだ声で呟く。

彼女はすでにことされていた。シャツから覗く手首には、百足と蛇が這っている。足首からは、蛸の触腕の先。そのすべてが、静かに雨にうたれている。死んだ肉体に刻まれた線が、あえかにむなしく濡れている。

深森の目はひらいたままだ。澱んだ瞳孔に、雨滴がぶつかって砕ける。それでも、ぴくりとも動かない。カメラがあまねに寄る。彼は深森の体を抱きしめたまま、呆然と宙をみている。さらにアップ。美しい瞳だ。空虚で、同時に充溢している。葵自身の心の揺らぎが、顕《あらわ》れている。芝居の場に慣れきっていないからこそ洩れ出た、本物の感情だ。およそ完璧なまなざしだった。

弾丸のように降りそそぐ激しい雨の底で、ふたりは寄り添っている。水煙《すいえん》で暗く烟る、寂れた街角。派手な演出も、豪奢な色彩もない。シンプルに美しい構図が、ふたりの姿を最大限に際立たせていた。まるで、神話の景色を見ているようだった。

これだ。これがほしかった。戦慄《せんりつ》に似た快感が、背骨を駆け抜ける。本物の海で撮影をしていたら、決して実現しなかった。豪雨というアクシデントがなければ、この映画は完成し得なかったかもしれない。そう思わせるほどの、浮遊子の演技だった。

――もしかしたら、アイリスを超えられるかもしれない。

一瞬、そんな思いが過ぎる。少なくともこの場面、浮遊子の演技は、過去のそれを上回っていた。そう直感する。

カットをかけたあとも、しばらく、誰も何も言わなかった。

浮遊子の睫毛が、かすかにゆれる。続けてまばたきをくりかえす。ゆっくりと体を起こし、そうして彼女は蘇生した。

葵はいまや、声をあげて泣いていた。カメラの前では、ずっと堪えていたのだろう。浮遊子は葵を安心させるように抱きしめ、ほう、と息を吐いた。つまらなそうな目だった。まるで、遊びは終わりだと告げられた子どものような。

こちらの視線に気づき、口をひらく。

「どうだった？　漆谷監督」

おれは言った。

「死んでいるときの方が、生き生きしてたな」

葵の頭をなでながら、彼女は口元だけで笑ってみせた。

「梨島さん、お疲れ様でした！　漆谷監督から花束を贈呈頂きます」

たくさんの拍手に包まれて、おれは巨大な花束を浮遊子に手渡した。

竜胆《りんどう》、デルフィニウム、オキシペタラム。濃淡さまざまな蒼色で彩られた、立派な花束。続けて、葵にも花束を渡す。ひとまわり小ぶりの、ランやリシアンサス、紫陽花《あじさい》がたっぷりと咲き綻ぶ白とグリーンのものだ。葵は嬉しそうにはにかみ、花束に顔をうずめる。

「本当にありがとうございました。スタッフの皆様のおかげで、とってもたのしい現場でした」

浮遊子が微笑み、拍手がさらにおおきくなる。

「それじゃ、打ち上げいきましょう」

剱持が言い、わっと歓声が上がった。

「監督は野坂くんと一緒のタクシーでいいですか」

「あー、おれはいいや。みんなで行っておいで」

「いや、でも、監督がいないと」

困惑する劔持に、おれは笑った。

「ごめんね、すぐ作業に入りたいんだ。早瀬さん、データもう送ってくれました？」

「はい、ひとまず第一部のデータはすべて。残りのシーンも、調整おわり次第お送りします」

「ありがとうございます。早めにもらえて助かります」

残念がってみせるスタッフたちにもう一度謝り、おれはタクシーをつかまえた。ホテルに寄って荷物を取り、そのままスタジオへ向かう。持参したノートパソコンをひらき、ずらりと並んだディスプレイの電源をつけた。早瀬から送付された膨大な映像データを解凍し、シーン順に並べかえる。

ここからが、映画をつくるなかでもっとも娯しい時間だ。編集作業。何十時間分ものデータのなかから必要な部分を選んで、その他を削いで、切って、切って、繋いでゆく。

おれの仕事は、選ぶことだ。必要なものと、そうでないものを決めること。撮影中のカメラ外のできごとの記憶や、おれ自身の感情は微塵も必要ない。必要不可欠なシーンだけで作品が構成されるよう、細心の注意を払って選択する。消去する。

前半の構成があらかた終わったところで、早瀬から残りのデータが送られてきた。気づけば、作業を始めて三日が経っていた。編集ソフトの上でさらにデータを追加し、作業を続ける。精緻な工芸品をつくる職人のように、おれは感覚を研ぎ澄まし、指先でトラックボールを小刻みに動かす。

思えばもうずいぶん長いあいだ、おれは選びつづけてきた。『アイリス』のときからそうだ。俳優を選び、ロケ地を選び、構図を選び、撮影のあとは使うシーンと使わないシーンを選ぶ。

なにかを選んだ瞬間、同時に選ばれなかったものが生み出される。ひとつを手にとるということは、その他を捨て去るということだ。不要だと判断したシーンをクリックするごとに、そこにあった時間がまるごと消えてゆく。その場面を撮るために費やされたスタッフの時間、俳優の時間。時間とはすなわち命だ。おれは本物の、生きている命を削って、虚構の王国を創っている。

選択に伴って圧《の》しかかってくる責任や孤独は、けれどひどく心地良い。幸福な自棄なのかもしれない。命がけの判断をこまかく繰り返すたび、おれのなかのなにかが歪《ひず》み、壊れてゆく。その自壊の感覚が、どうしようもなく、快かった。

堅実な就職の道を放棄して、活計《たつき》の保証がない映画の世界に足を踏み入れることを選んだのも、おなじことなのかもしれない。自分の人生を顧《かえり》みないことさえも、ある種の愉悦《ゆえつ》であるにちがいなかった。

結局おれは常に、あらゆる選択を通して、自分の快楽だけをひたすらめざしているのだ。どんなに倒錯的だとしても、人間の善性を裏切ることになるとしても。おれはそうやって生きてきたし、そうすることでしか生きられないのだ。

無数の選択の果てに生み出された作品がたまたま衆目《しゅうもく》を集め、今こうして商業映画を創る職に就《つ》いている。あるいは社会が、おれという異物を共同体から的確にはじき出し、映画という特異な世界に首尾よく追いやったのかもしれない。

金銭という成果物はある種の指標にはなるが、選択の正しさの全き証左《しょうさ》ではない。最後はおれ自身が判断するしかないのだ。おれの選択、おれの生き方が、正しかったかどうかすら。

作業がひと段落して、おれは大きく伸びをした。

午後十時。そろそろベッドに入る時間だ。細かな調整の作業に入ったので、スタジオを引き上げて自室で作業をしている。ここ数日は、起床と就寝の時間を一定にしていた。八時間の睡眠と、三度の食事。

インタビューで私生活について訊かれ答えると、「もっと気ままな生活を送っているイメージでした」と驚かれることも多い。たしかに、若い頃は、ひどく不規則な生活を送っていた。「創作には、真夜中にしか分泌できない毒のようなものが不可欠だ」と大学でゼミ生のだれかが口にしていたのを、真に受けていたのかもしれない。

不摂生《ふせっせい》で貧血を起こすことも少なくなかった。自分の体力を切り詰めて、追いこむことが、美しいものをうみだすための代償のような気がしていた。今ならはっきり、ちがうと言える。「すべて出し尽くす」では、とてもやっていけない。おれはプロだ。仕事は一度きりじゃない。次から次へとやってくる依頼を受けつづける秘訣は、「すべて出し尽くす。ただし可能なかぎり」だ。

心身の限界をこえることでしか傑作を創り得ないだなんて、少なくともおれは信じない。苦しみたくて、寿命を削りたくて、映画をつくっているわけじゃない。生きて、生き延びて、一秒でも多く、おれはおれの好きな景色を生み出したい。

薬を服用するための水を求めてキッチンへ向かうと、妻がこちらに背を向けて居間のソファに坐っていた。なにか喋ったり、相槌《あいづち》を打ったりしている。ローテーブルにはマニキュアのボトルがずらりと並び、どうやらワイヤレスイヤホンで誰かと話しながら爪を整えているらしい。邪魔をしないよう音を立てずにグラスに水を注ぐ。部屋に戻ろうとしたところで、「圏のこと?」という声がきこえた。

「そうそう、また仕事ばっかりで……。うん。そう。そうなんだけど」

なんとなく去りそびれ、リビングから死角となる食器棚の陰にぼんやりと立つ。

「最近ちょっと怖いの。家のなかに、ちがう国の人がいるみたいで。私には及びもつかないようなものをたくさん見てきて、未知の言語を使ってる。いっしょにいるときは私に合わせて言葉を変えてくれるけど、それはあのひとの母語じゃない」

グラスを揺らすと、ちいさな水面が震えた。すぐに静まる。

「……ううん、昔から。ほら、あのひと、芸術家でしょ。私もいちおう物を創る仕事をしているけど、おなじ種類の生きものとは思えないっていうか……。もうね、しょうがないの。相手を試すような喋り方にも慣れたし、頭が良すぎて生きづらいんだってことも理解してる。ただ、ずっといっしょに過ごしてたら、もうすこし人間みたいになってくれるかなって思ってたんだけど。だめだったよ」

妻は喋りつづけていたが、声はもう聞こえなかった。部屋に戻り、睡眠薬を水で流しこむ。目を閉じると、まなうらに巨大な壁がそびえ立った。高さ数十メートルの、黒い膜。上映開始前の映画館。ずらりと並んだ客席の、最後列にひとりの少年が坐っている。床に足が届いていない。かれは小さなスニーカーを揺らしながら、寄り添う恋人同士や、楽しげな家族連れの頭を見下ろしている。どろりと胸につかえる、甘ったるい香水の匂い。皮脂でぬれぬれとひかる頭皮。唾液を飛ばしてまくしたてる子どもに、耳障《みみざわ》りなささやきをいつまでも止めない大人たち。

どうしてこの世界は、美しくないもので溢れているのだろう。諦念に似た絶望が、少年の心にひろがる。本物である必要などない。きれいなだけの、からっぽな、にせもののひかり。おれはそれが見たい。フィクション――人の手によって、不自然なほど緻密に練り上げられた物語群。その益体《やくたい》のなさを、虚しさを、おれは愛する。

そうして、人生こそがそのように在れば良いと切に願っている。空虚で無益《むえき》で、かろやかで。すべてが完璧で、過不足なく、あるべき場所にある。そのように、在れば。

瞼の裏のスクリーンは、暗いままだ。少年は、逆るひかりと静寂がすべてを呑みこんでくれるのを、一人で静かに待っている。


「だめです、やはり梨島と連絡がつきません。申し訳ございません」

真っ青な顔で、浮遊子のマネージャーが言った。志原は「心配ですね」と眉を寄せる。

初号試写会の当日。完成した作品をスタッフ以外の観客に観てもらう最初の宣伝の機会だった。上映後には、おれや俳優たちの挨拶も予定されている。

「事務所に連絡は？」

「来ていないようです。朝からもう何十回も電話を入れているんですが。ひとまず、自宅まで様子を見にいきます。漆谷監督、この度は大変なご迷惑を……」

「大丈夫ですよ。気にしないで」

額に落ちかかった髪を後ろに撫でつけながら、おれは言った。

「試写会に来てもらえないのは残念ですが、それより連絡がないのが気がかりです。急いで行ってあげてください」

何度も頭を下げながら、マネージャーはスタジオから出ていった。

実は数日前、浮遊子からLINEでメッセージが届いていた。「具合が悪いから試写会には行けないと思う。ごめんなさい」という短い文章だった。

てっきりマネージャーにも話を通してあると思っていたが、おれのほかには誰にも連絡していなかったらしい。何か事情があるのかもしれないと考え、メッセージのことは黙っていることにした。

浮遊子のことが気にかかるが、イベントの開始時刻は刻々と迫ってきている。志原と打ち合わせを進めていると、ふいにスタッフたちの歓声が上がった。

仕立ての良いネイビーのスーツをまとった葵が、照れたように立っていた。かわいい、とスタッフに言われるたび、所在なげに視線をさまよわせる。

「葵くん、久しぶり。服、似合ってるね」

葵は「買ってもらった」とちらりと後ろを見やった。葵のものとおなじ紺色のワンピースをまとった母親らしき女性が、彼のマネージャーと話しこんでいる。

「監督も、なんかいつもとちがう」

「髪をセットしてるだけだよ」

「かっこいい」

「ほんと？　ありがと」

彼の肩をやさしく叩いてやる。眩しそうに目を細める葵は、やはり八歳当時の茂木瞳介に似ていた。おれの好きな顔立ち。

「そろそろ時間です」

担当スタッフに促され、葵とともに試写会場に足を踏み入れた。ずらりと並んだ映画の製作関係者や、招待した俳優たちが、一斉に拍手する。

マイクを渡され、おれは微笑んでみせた。

「本日は皆さんどうも、お集まり頂きありがとうございます。『海を配る』は僕が何年も温め続けてきた作品です。こうして皆さんに観てもらえる日がくるのを、心から楽しみにしていました。主演のひとりである梨島浮遊子さんですが、本日は急な体調不良で残念ながら欠席です。葵くんには上映後にスピーチしてもらうので、どうぞお楽しみに」

会場がざわめくが、かまわず壇を降りた。会場が暗くなり、映写が始まる。

映画が完成したのは、年の暮れ頃だった。ほかのスタッフたちと試写を繰り返し、さらに編集を重ねて研いだ。ラストであまねが色を取りもどすという当初の設定は、そのまま生かした。灰色の街、灰色の雨、そして深森の腹から流れる血の色。赤の色調にはこだわった。本来映す予定だった海の夕陽のひかりを一点に詰めこむつもりで、丁寧に色をつくった。

上映が終わると、スタンディングオベーションが起こった。心底から熱の入った、烈しい拍手。おれは立ち上がり、客席に向かって辞儀をする。

映画は成功した、と確信した。この作品はおそらく今後、伸びてゆく。もしかすると、『アイリス』をも超えて。興行収入の数字を見て、ひとびとは、『海を配る』が前作より優れていると判断するだろう。この世界は、そういう場所だ。

感嘆と賛辞の声をあげながら人びとはマイクロバスに乗りこみ、食事会の店をめざす。

「感触、すごく良い感じですね」

同乗した剱持が、昂奮した口調で話しかけてくる。「そうだね。思っていた以上だ」と微笑んでみせ、おれは窓の外に目をやる。

「それでは皆さん、乾杯！」

志原に言われるまま音頭《おんど》を取ると、歓声がひびいた。

おれの隣に行儀よく坐った葵は、たくさんの肉料理に夢中だった。

「うまい？」

訊ねると、「おいしい」とにっこり笑った。口元についたソースを指でぬぐってやる。

シャンデリアのひかりが眩しい。アルコールがまわってきたのか、顔が熱い。次から次へと話しかけてくる人びとを、おれは微笑みと、あたりさわりのない返答でやり過ごす。

これも仕事の一環だ、と心の内で自分に言い聞かせる。若い頃は、創作に関係のない事柄にはいっさい興味がなかったし、関わりたくもなかった。今はちがう。交流の場で生まれた関係が、次作に繋がる可能性は充分にある。無為に思えるが、創作をつづけてゆくためには不可欠な時間だった。

カメラワークについて執拗に聞いてくる新人監督を適当にあしらっていると、見慣れた顔があらわれた。

「瞳介くん、来てくれたんだ」

茂木瞳介を招待したのは、おれだった。浮遊子が出ている映画なら観たいだろう、と思って招んだのだ。

「今日、浮遊子はどうしたんですか。いま、どこにいるんですか」

声には怒りと焦燥が滲んでいた。今にも摑みかかってきそうな勢いだ。おれは軽い口調で答えた。

「体調が悪いから休む、って連絡があっただけで、詳しいことはわからないよ」

「じゃあ、漆谷さんのところにはいないんですね」

強い語気で言われた瞬間、微かな反発を感じて自分でも驚いた。一体、何に対する反感だろう。すぐに笑みをつくりなおし、適当に答える。

「今はそっとしておいた方がいいと思うな」

「漆谷監督」と涼しげな声がきこえた。

振り返ると、土岐だった。

「お久しぶりです。ご招待ありがとうございます。マラケシュの映画祭以来ですね」

彼女はたおやかに微笑んだ。

「『海を配る』、とてもすばらしかったです。特にラスト、あまねに色彩が還ってくるところが」

喋りつづける土岐の声を聴きながら、あたりを見わたす。いつのまにか瞳介の姿は消えていた。

周りの人間はみんな、だれかと喋っている。笑っている。羨ましいほど、楽しそうに。

「一点の紅が鮮烈で、美しかったです。そういえば『アイリス』でも、花菖蒲の青が印象的でしたね。公開されたら、さぞ評判になりますよ。きっとみんな、絶賛します」

あこがれだった、とふいに思い至る。先ほどの、瞳介に対する反発。あれは反感ではなくて、羨望だった。あんなにも愚直に、他者を想えることに対する憧憬だった。

「評判なんかどうでもいい」

気づけば、そう口にしていた。

「おれの作品の価値は、おれが決めます」

我に返ったときには、遅かった。土岐は驚いたように目を見ひらいている。

久々にアルコールをのんだせいだろうか。取り繕《つくろ》おうと微笑んだとき、土岐が言った。

「ほんとうに、そう思っていらっしゃるのですか」

「え?」

想定外の返しに、間の抜けた声が出た。

「ものをつくって発表している人はみんな無意識にでも、消費者からの反応を望んでいるはずです。私だってそうです。媚を売ったりはしませんが、どうか皆さんに受け入れてもらえたらいいなと期待しながら、仕事をしています」

土岐は迷いのない、正しさにみちあふれた目をしていた。

一体、なんなんだ。半ば自棄になって、おれは口をひらく。

「土岐さんはね。そりゃそうでしょ。そうやって生きてこられたんだから。でもおれは、おれの作品が他人に受け入れられようと、そうでなかろうと、心底どうでもいいんですよ。上っ面だけの鑑賞だってかまわない。おれはおれが納得できる作品をつくれたら満足で、あとは好きに消費してくれればいい」

「それも本当かもしれない。ですが、それだけではないはずです」

彼女は怯《ひる》むことなく、おれを見つめる。

「創作を通して、願わくは、だれかを救えたらと思ったことはないんですか」

何と返せばいいのか、わからなかった。

かわりに、可能なかぎり優しく微笑んでみせる。

「土岐さんはおれのこと、よく見てくれているんですね」

彼女は何か言いたげに口をひらき、けれどため息を吐いた。

「映画館でも、『海を配る』、必ず観ます。ほんとうに、大好きです」

そう残し、去ってゆく。

——映画が、うばうことでしか成立しない芸術ならば。せめて、うばった観客の人生の時間を、可能なかぎり美しいもので充たしたい。そして叶うならおれも、充たされたい。

まだ十代の学生だったとき。作品をだれかに観てもらう前は、確かにそう思っていたのだ。けれど裏切られた。何度も、何度もなんどもなんども。みんな、何も観ていない。どれだけ分かりやすく提示しても、誰も理解してくれない。中傷は言うに及ばず、称賛すらも白々しい。教員から意味不明の解釈を聞かされ、絶句したこともある。おれの生まれ育ちと精神分析を絡めた見当はずれの評に耐えられず、講義の途中で席を立った。

どう受け取ってくれてもかまわない、好きにしてくれ、と放りだすしかなかった。もう二度と、かれらに期待などしない。

作者の意図。演出上の手法。そんなものはすべて後付けだ。おれはおれがうつくしいと思ったものを、うつくしいと思うままに彫り出しているにすぎない。崇高《すうこう》な目的などない。他者のためでもない。ただ、この世界をおれにとってすこしでも居心地の良い場所にしたい。

それが、おれの唯一にして最大の、創作の動機だった。

そのはずだった。

パーティーの盛り上がりは、最高潮に達していた。剱持からマイクを渡された葵が、顔を仄かに赤くして喋りはじめる。人びとは、ほほえましそうにその光景を見守っている。

ふらふらと近くの椅子に坐り、ネクタイをゆるめた。真上を仰ぐと、シャンデリアの豪奢な光が目に刺さった。視界が潤む。今日はのみすぎた、とおれは思う。


「こないだの試写会、行けなくてごめんね」

目の前に坐る浮遊子が、ぽつりと言った。

うすい色の夕陽が、精緻な紋様のほどこされた窓枠をとおしてテーブルに射し、点心の小皿をちいさなみずうみのようにひからせている。

三月。いつもの中華店で、おれたちは向かい合っていた。浮遊子は白にちかいベージュのニットを着ていた。やわらかな包帯にくるまれているみたいだ、とぼんやり思う。顔には血の気がなく、くちびるの色も淡い。

「いいよ。それより体調が悪いのか?」

「送ってもらった本編のデータを、観ようとしたの」

おれの質問には答えず、浮遊子は落ちかかった髪を耳にかけた。

「映像はすばらしかった。ほんとうに。ただ、自分の演技がどうしても気に入らなくて、最後まで観られなかった」

やはり、と思った。

どこかで確信していた。浮遊子は、そう感じるだろうと。

「本気で言ってるのか」

それでも訊いてみると、浮遊子はあいまいに笑った。

「卑屈になってるわけじゃない。プロとしての仕事をこなしている自信はある。撮影のときはのびのびお芝居できていたし、心底楽しかった。でも、作品のなかに嵌めこまれると、どうしても較べてしまうの。『アイリス』のときの、自分の演技と」

浮遊子はゆっくりとまばたきした。紫、茶色、みどり。幾層にもかさなった複雑な色彩の瞳が、おれをとらえる。

「漆谷さんはどう？　わたしたちはあの作品で、『アイリス』を超えられたと思う？」

ほんとうはわかっていた。『海を配る』は『アイリス』を超えていない。

編集作業にともなう膨大なリプレイのなかで、おれはそう気づいてしまった。神がかった浮遊子の演技と、画面のすみずみまで意図をはりめぐらせた構成。作品自体は気に入っているし、商業映画としては成功したかもしれない。けれど、そういうことじゃない。

観客には、プロデューサーには、他人にはわからない。きっと永遠に、わかってもらえない。

でもおれたちは――おれたち二人は、ちがう。

彼女は微動だにせずおれを見ている。口にせずとも、おれの考えがわかっているかのように。

「浮遊子」

「あまり落ち込みすぎるな。またつくればいいよ、おれたちで」

言いながら、窓の方を見やる。おれはまた浮遊子を、おれ自身を、『アイリス』から解放してやれなかった。

この先も、おれと浮遊子は『アイリス』をあらゆる基準とするのだろう。どんな作品をつくっても、どんな作品に出演しても、それらすべては比較される。もう二度と再現できない過去のひかりと。比べることに意味などないとわかっているのに、それでも。

地下へ降りて、二度、三度と交わった。浮遊子はすこし痩せていた。皮下に骨を感じるほどうすくなった肉に、あえて乱暴にふれる。音をたてて、ときに爪と歯をつかい、荒々しく体を重ねる。互いの体に夢中になっているふりをして、現実から目を逸らす。

何度目かに果てたあと、泥のようなまどろみのなかで、いくつか夢を見た。いや、夢じゃない。あれは過去の記憶。

幼い姿の瞳介が、そろそろとこちらに手をのばす。おれは持っている花菖蒲を、かれに差しだす。特注でつくった、青藍いろの造花。本物よりも美しく、と発注したとおり、花弁はふっくらとみずみずしくたわみ、繊《ほそ》い脈の一本一本は光を通して極微の漣《さざなみ》のようにも見える。

それ自体ひとつのオブジェにも似たにせものの花を、瞳介は指先でなぞった。それから、捲れあがった襞のような外花弁にそっとくちづける。酸漿《ほおずき》色のちいさなくちびるが花の碧《あお》い肌にやわらかく接触し、その瞬間、おれはこの少年のもつ美しさを心底愛していると知る。

そうだ。やはりかれは無二だった。あの季節、あの瞬間の表情。今はもう、フィルムの中にしか存在しないかんばせ。

もしかしたら、とおれは思う。瞳介という存在を欠いた今、おれも浮遊子も、『アイリス』を超える作品を生み出すことはもうできないんじゃないのか。おれたちが棄ててきたもの、顧みなかったもの、欲しいとさえ思っていなかったもの。そういったすべてが、瞳介という欠落に集約されているのではないか。

かれは見ている。うしろから、おれたちを見ている。ふりかえることのないおれたちを、その瞳で、虹彩《アイリス》で、ずっと。呪っている。焦がれている。憐れんでいる。

静かに、見つめている。


志原から電話がかかってきたのは、『海を配る』の公開からひと月ほど経った七月の朝だった。映画は予想どおり、公開当日から好調な滑り出しで、SNSによる拡散にも助けられ、驚くべきスピードで興行収入を伸ばしていった。もともとテレビに出ずっぱりだった浮遊子はもちろん、おれや葵への取材申し込みやインタビューなどの依頼もぐっと増えていた。

前日も遅くまで雑誌のインタビューがあり、帰宅する頃には日付をとうにまわっていた。疲労のせいか薬をのんでも寝付けず、ようやくうとうとしかけたところで着信音が鳴り響いた。眠気で頭の芯がずしりと重い。立ち上がってキッチンに向かいながら、スマホを耳にあてる。

「おはようございます。朝から珍しいですね」

『漆谷くん、大変なことになったね』

志原の声は震えていた。

『あの写真は何？　本物？　どういうこと？』

「写真？　なんのことですか」

『知らないの？　早くネットニュースを見なさい』

言われるままパソコンをつける。途端に、メッセージの通知が怒濤《どとう》のように押し寄せた。一晩でメールが何百件と届いている。心がざわつく。

手近なニュースサイトをひらいて、息をのんだ。不倫。熱愛。既婚。くろぐろと躍る文字に、添えられた一枚の画像。いつもの地下ホテルへおりてゆこうとしている、おれと浮遊子の写真だった。斜め上からのアングルで、画質はひどいものの、顔はくっきりと映っていた。

なんだ、これは。おびただしい量のコメントをかきわけて、情報源を探す。出所は、どうやらSNSの投稿らしかった。今はまだネットニュースだけだが、テレビや週刊誌に取り上げられるのも時間の問題だろう。

『梨島さんの事務所から連絡は来てる？』

「わかりません。ひとまず本人に電話してみます。あとでかけ直します」

スマホに届いていた膨大な通知をひとまず消去し、メッセージアプリで浮遊子に電話をかける。何度かコールしたが、出なかった。

つづけて、浮遊子のマネージャーから来ていた着信に折り返した。相手はすぐに出た。ひどく動転していて要領を得なかったが、自分も今知ったばかりだということ、浮遊子に連絡が取れないこと、これから緊急の社内会議がひらかれることを早口で告げられた。

電話を切ったあと、おれはもう一度、浮遊子に連絡した。何度かけても、繋がらない。

最後にプライベートで会ったのはほぼふた月前、五月の上旬だった。体調がすぐれないようだったが、いつものように店で食事をして、地下へ降りた。六月は映画公開直後で互いの多忙もあり、さすがに会うことは控えた。写真は五月に撮られたのだろうか。それとも四月か、もっと前かもしれない。わからない。

最近はとくに、浮遊子とのメッセージのやり取りはなかった。宣伝のためのテレビやラジオに出演する際、何度か顔を合わせることはあったが、会話は仕事上のやり取りに終始した。明日も、地方都市の映画館で舞台挨拶をおこなう予定だった。パッキングも済んでいる。やはり中止だろうか、と他人事のように考えていると、自室のドアがノックされた。

「圏。今、いい？」

おれは立ち上がってドアをあけた。妻は、部屋の中には入ってこようとしなかった。

「ニュース、見たよ。友だちが教えてくれたの」

感情の読みとれない平坦な声で、妻はつづけた。

「知ってるかもしれないけど、私も、ずっと前から付き合ってる人がいるの」

目を伏せたまま、晶は髪を耳にかける。

「今の生活のぜんぶを手放したくなくて、なかなか踏ん切りをつけられなかった。でも、もっと早く離れておくべきだった」

おれは息を吐いた。

今回のことがなくても、いずれこう言われることは分かっていた。けれど、体からどっと力が抜ける。

「私が浮気してるって、ほんとはずっと前から気づいていたでしょう。でも圏はなにも言わなかった。仕事以外のことは心底どうでもいいんだな、って思った。だから私も安心して、自分の恋人に夢中になってた。私のこと、ずるいと思う?」

「いいや」

おれは言った。

「ずるいのはおれの方だよ」

付き合おうと言ったのは、晶だった。結婚の提案も、部屋を決めたのも、すべて晶だ。おれは自分が彼女と結婚したいのかどうかすらわからないまま、すべて受け入れた。結婚していて妻がいる、という事実が、人間らしい生活に自分を繋ぎとめてくれる気がした。たとえ、最初から破綻していたとしても。見せかけに過ぎなくても。

少なくとも表面だけでも良好な関係を築き、十年以上ともに暮らせたのは、まちがいなく晶のおかげだった。

浮遊子とは恋愛関係にあるわけじゃない、とは言わなかった。今回のことは、晶が本当に好きな人との生活をはじめるきっかけになる。

引き止める権利は、おれにはなかった。

それからの数日は、嵐のように過ぎていった。浮遊子とは変わらず連絡が取れないままだったが、志原を始め、浮遊子の事務所や映画会社と毎日話しあった。おれは志原にすべてを喋った。浮遊子とは、二年ほど前からプライベートで会っていたこと。妻との関係性について。離婚する方向で話が進んでいること。

『けじめをつけたのは良いことだよ。離婚は公表していいんだよね？』

訊かれて、うなずいた。晶の許可は得ていた。

『映画の興行収入は、皮肉だけど上がってるよ。やっぱり話題になってる』

「上映中止にはならないでしょうか」

『スポンサーの判断次第だね。梨島さんとの関係が、両者の意思に基づいた真剣な交際であること、そして以前から奥さんとの関係が破綻していて、今は離婚の手続きが進んでいることをしっかり説明すれば、今すぐ中止になることはないかもしれない』

でも、と志原はつづける。

『今後の作品づくりは難しくなる可能性が高いだろうね。監督と俳優という関係は映画業界の構造上アンバランスに受け取られるし、梨島さんの年齢のこともある。公式でいくら否定してもバッシングはおそらく止まらない。梨島さんからも説明してもらえればいいんだけど、まだ本人には連絡がつかないんでしょう』

「はい。マネージャーや事務所と、スケジュールに関わるやりとりは行っているようですが」

『彼女の意向がわからない現状では、どうしようもないね』

志原は大きくため息を吐いた。

『『海を配る』が、漆谷くんの最後の作品になるかもしれない。覚悟しておいて』

通話アプリを切ったあと、おれはソファに寝転がった。映画がつくれなくなる。そんな事態は、想像したこともなかった。咽喉の奥が冷たくなり、鼓動が速くなる。

ふいに、スマホが震えた。志原かと思ったが、画面に表示されている名前を見て、飛びつくように応答ボタンをタップする。

「浮遊子か？　今どこにいる」

『漆谷さん、よかった。時間がなくてあまり話せないの』

声のうしろで、水音がひびいている。シャワーを浴びているのだろうか。

「大丈夫か？　家にいるのか？」

『家じゃないけど、平気。体調も大丈夫』

「なあ、あの写真はなんなんだ。誰がいつ撮った」

『瞳介だよ』

思いがけない名前に、一瞬、思考が止まった。

瞳介？　茂木瞳介？

『写真を撮ったのはたぶん、彼じゃない。でも間違いなく瞳介が、こうなるようにすべて仕組んだ』

「なんだよ、それ。どうしてあの子がそんなことをするんだ」

『わからない。でも、起こったことは仕方ないから。なんとかするしかないよ』

「……なんとかできるのか」

浮遊子はしばらく口をつぐんだ。

『わたし、ずっと考えてることがあって。これならきっと、』

そのとき、玄関の方で物音がした。

「悪い。晶が帰ってきた」

通話を切ると同時に、晶がリビングに入ってきた。

「ただいま。夕ごはんまだだよね？　デパ地下で目移りしちゃって、いっぱい買っちゃった」

晶は言いながら、惣菜を手早く皿に並べた。ほうれん草のキッシュ、アボカドと海老のサラダ、パエリア、牛ほほ肉のトマト煮込み。先ほどの通話が気にかかって内心は食事どころではなかったが、晶に言われるまま軽めの赤ワインをあけた。ダイニングテーブルで向かい合って坐り、グラスをあわせる。

「家でこうやって一緒にごはん食べるの、いつぶりだろ」

晶は楽しそうに言う。引っ越しの予定日は、今月末に決まった。いまの仕事をつづけながら、恋人の故郷である京都で暮らすことにしたそうだ。

「今日はどこに行ってたの？」

訊ねると、「目黒の美術館」と答える。

「東京にいるあいだに行っておきたい場所リストを、消化してるの。明日は元職場の先輩と水族館に行く予定」

晶の声をききながら、さきほどの浮遊子の言葉をぼんやりと思い出す。

――瞳介が、こうなるようにすべて仕組んだ。

彼がやったのだと、まだ信じられなかった。おれと浮遊子の関係を、恋愛であると勘違いした果ての当てつけなのだろうか。けれど瞳介は、浮遊子のことが好きであるはずだった。彼女が映画の世界に生きることを、だれより望んでいたはずだった。それなのに、一体どうして。

「圏と出会ったばかりの頃も、毎週いろんな場所に出かけたよね」

ふいに晶が、笑みを含んだ声で言った。

「どこに行っても、楽しいのかよくわからないみたいな顔してて、かわいかった」

「何それ」

「私が誘ったら絶対断らないし、どこへでも付き合って遊んでくれるし、無理してるんだな、と思うと余計愛しかったよ。このひとは、私と関わるためにぎごちなく努力しているんだな、って」

「怒らないのか？」

「え？」

「今回のことで」

訊いたあとで、すぐ後悔した。案の定、晶は茶化すように笑った。

「怒ってはないかな。私もおなじこと、ずっとしていたし。それより圏のこれからが心配だよ。ねえ私、圏の妻じゃなくて、お姉ちゃんだったら良かったのにね」

そのとき、晶のスマホが鳴った。友だちからの着信らしく、席を立って話しはじめる。

そういえばおれには、友人と呼べる相手がいないな、と気づく。おもわず笑ってしまった。四十年近い時間を生きてきたというのに、ただの一人もそんな存在がいないなんて。

映画をつくることのできない世界で生きてゆく理由を、おれは見つけられるだろうか。

妻の引っ越しは、思いのほかあっけなく済んだ。「今関わっている仕事もあるし、しばらくは東京にいるから」と晶は言い、ちいさな荷物を取りにしょっちゅう家に出入りしていた。晶に手伝ってもらい、ベッドをリビングに移した。寝転がりながら、巨大なテレビで毎日映画を観た。昔の名作も、サブスクリプションで解禁されたばかりの新作も。しだいに、起きている時間と寝ている時間の区別があいまいになっていった。

瞼をあげてもおろしても、巨大な壁がいつも眼前にそびえている。こどものころから、おれは壁に視界を遮られながら、同時に壁を通して世界を見てきた。着色され、編集された、まがいものの世界。ついに本物の景色を目にすることのないまま、幾千もの色彩を知った。

どこにも続かない、行き止まりの黒い膜は、涯であり、同時に窓だった。見世物だった。嘘だった。真実だった。夢だった。おれの、すべてだった。

おれは虚構のなかで一人、あそび惚ける。現実など知ったことか。痛みや苦しみさえもが美しく飾り立てられる人工の庭で、役者たちは虚しく優雅に踊りつづける。

芸術は、人生からの出奔だった。命がけの、滑稽な、逃避だった。

浮遊子から連絡がきたのは、九月の頭、よく晴れた日だった。以前の通話から何度もかけ直したが、あれきり繋がらないままだった。メッセージによると、今は都心から一時間ほど離れた郊外の町に部屋を借り、ひとりで住んでいるらしい。いつでも来て、という文言とともに住所が載っていた。

久々に髭を剃り、不規則な食生活で荒れた肌をトナーで整えた。洗濯したてのシャツを着て、サングラスで目元を隠し家を出る。それとなく警戒していたものの、記者やカメラの気配はなかった。あれからもう二ヶ月近くが経つ。志原がどう動いたのか、結局映画は上映中止になることもなく、むしろ成績は好調なようだ。

毎年恒例だった帆波さんの墓参りは、さすがに今年は中止になった。おれは家にこもりきりで、次々と飛びこんでくる新しいニュースがおれたちの話題をしだいに蔽《おお》ってゆくのをじっと待っていた。人びとは新奇なものが好きで、そのくせ倦みやすい。フィクションも、おれたちの人生も、かれらはひとしく覗き見し、咀嚼し、消費する。

念のためタクシーを乗り継ぎ、目的地からすこし離れた場所で下車した。住宅街の細い道を歩いてゆくと、清潔だが目立たない佇まいの、灰色の小さなマンションに辿りついた。二階の端のドアのチャイムを鳴らすと、すぐに扉がひらいた。

「漆谷さん、久しぶり」

ふた月ぶりに会う浮遊子は、少し痩せていた。髪が短くなっている。

部屋はワンルームのつくりだった。家具はベッドと、小ぶりなダイニングセットだけ。窓ぎわに、大きな棕櫚の鉢植えが置いてあるのが唯一の装飾だった。「お母さんからもらったの」とおれの視線に気づいて言う。植物の全体が僅かに傾いでいて、葉先は茶色く干乾《ひから》びかけている。

「浮遊子は家を出た方がいい、って両親に言われて。この部屋も用意してくれたの。これ以上ふたりの仕事の邪魔をしたくなかったから、ぜんぶ従った」

「このあいだ電話をくれたときは、どこにいたんだ」

「瞳介のところ」

ともなげに言いはなつ。

「どういうことだよ。一緒に暮らしてたのか？　裏切られたのに？」

「数週間だけだよ。最初は瞳介がやったってことを知らなかったし。それより、ニュースで観たよ。晶さんと離婚したんだね」

椅子を引いて、浮遊子がおれの正面に坐った。男ものらしい杢《もく》グレイのティーシャツを、ゆるりと着ている。浮き出た鎖骨に陽ざしが溜まり、白っぽくひかっていた。

「髪、自分で切ったのか？」

「どうして？」

「長さが不ぞろいだから」

浮遊子は声をたてて笑ったが、なにも答えなかった。

ほんのすこしだけ傾いた陽ざしが、浮遊子の黒髪を飴色に照らしていた。安っぽいプラスチック製の椅子やテーブルのふちがほんのりと赤らみ、宙に舞った埃がきらめく。外を行き過ぎるオートバイの音と、こどもの笑い声。

「これからのこと、いろいろ考えたんだけど」

浮遊子が言った。

「事務所はもちろん、戌井さんや志原さんにも相談した。それでようやくひとつだけ、良い方法を見つけたの」

浮遊子は、まっすぐおれを見つめる。

「漆谷さん、わたしと結婚して」

何を言われたのか、わからなかった。

結婚？　おれと、浮遊子が？

「こんなときに冗談やめろよ」

絞りだした声は、擦れていた。浮遊子の意図が全くつかめなかった。

「冗談なんかじゃない。これから先もわたしと漆谷さんが映画の製作に関わるには、こうするしかない」

浮遊子は真面目な顔でつづける。

「わたしから提案したという文面で、マスコミに発表する。双方でよく相談した、って。漆谷さんはもう離婚してるし、本当に好きな人と結婚しなおすって言えば、今すぐじゃなくても、いずれみんな納得してくれるはず」

「でも、浮遊子はまだ、十九歳なんだし」

しどろもどろで口に出すと、「いまさら何言ってるの」と小さく笑われた。

「べつに一緒に暮らさなくてもいい。互いを救うための、ただの契約だよ。わたしは漆谷さんに、これからも映画の世界にいてほしいだけ」

「……瞳介のことは、いいのか？」

ようやくそれだけ言うと、浮遊子は意外そうな顔でおれを見た。

「いい。ちゃんと終わらせてきたから」

壁に掛かった時計の秒針が、やけにゆっくり動いているように感じられた。棕櫚の葉もれびが、床を点々と灼いている。

「ねえ、どうしてわたしたちは『アイリス』から離れられないんだろう」

ふいに口にされたタイトルに、心臓が跳ねた。

「大人になっても、抜け出せない。いつまで経っても。挙句の果てに、こんなことになってしまって」

いつかの夏祭りのことを、なぜか思い出した。瞳介の昏くつめたいまなざしが、脳裏を過《よ》ぎる。

「もう絶対に戻れない、手に入らない過去をめざしつづけることって、不毛でしかないよね。でもね、最近気づいたんだけど、そうやって苦しんでるときって、ちょっとだけきもちいいの」

浮遊子は、凪いだ目でおれを見た。

「漆谷さんも、おなじだよね。自分の地獄でもがくことが、たのしいんだよね。充たされるんだよね。そして、そう感じてしまうことを、みんなに赦してほしいと思ってるんだよね」

生身の人間を使って、自分の作品をつくることを生業《なりわい》にしている。

常に相手を品定めしている。他者の気持ちがわからない。興味がない。人として、何かが致命的に欠如している。

孤独は、そんな自分への罰のようで安心した。

罰は救いだ。受け入れれば、赦してもらえるから。

「映画を作っているあいだは、自分のことを考えなくて済む。のめりこんでいれば、ぜんぶ忘れられる」

そう言うと、浮遊子は微笑んだ。

「『アイリス』でも『海を配る』でも、漆谷さんはさみしい子どもばかり集めてたよね。でも、いちばんさみしがりなのはたぶん、漆谷さんなんだよ」

そうだ。おれはずっと、観客が、怖かった。

おれは、おれ以外の人間が、他者が、どうしても理解できなかった。

輪の中に入れない。会話に交ざることができない。十三歳の季節。教室では、だれもおれの方を見なかった。関わる価値がない人間だと、判断された気がした。

楽しそうにはしゃぐ同級生たちが、羨ましかった。みんなに、おれという存在を赦して、受け入れてほしかった。

本当は分かっている。現実世界が、退屈でつまらないわけじゃない。

ただおれが、世界とうまく関われないでいるだけだ。それだけだ。

「漆谷さんだけじゃない。わたしもずっと、さびしいよ」

浮遊子が言った。

「わたしはカメラが回っていなければ、何も感じない。漆谷さんやほかの監督から虚構の命をもらって、その間だけ生きてる。ほかの時間は死んでるのとおなじ」

いつしか、陽ざしは傾いでいた。傾いだまま、止まっていた。天井も、壁も、影も。すべてが動くことを許されず、静止している。

——創作を通して、願わくは、だれかを救えたらと思ったことはないんですか。

土岐に言われた言葉を思い出す。

おれがほんとうに救いたいのは、ほかのだれでもなく、おれ自身だった。映画を作ることで、この世界をおれにとってすこしでも居心地の良い場所にしたかった。けれどその夢が真に実現することはないことも、どこかで分かっていた。

おれがおれである限り、現実の世界は褪せている。

いつまで経っても色づくことなく、寂しく枯れている。

だからこそ、映画という幻の色彩を夢見ることができるのかもしれない。

「浮遊子。結婚しよう」

おれは言った。

「どうせ互いにひとりきりなら、死ぬまでのあいだ、互いに互いを利用してあそび尽くそう」

赤い夕陽のなかで、浮遊子がわらう。

「いいよ。約束する」

目を眇め、口の端を裂いて。どこか人外めく。

ぞっとするほど美しい、鬼のような顔だった。

「死ぬまで娯しませてあげる。だからあなたも、わたしを飽きさせないで」


歌がきこえる。

どこか遠くから、かすかな歌が。もつれ、からがり、ながれてゆく。

浮遊子が鼻歌をうたいながら、カウチソファでペディキュアを塗っている。窓から射す陽をうけて、全身が白く燐光を放っている。うつくしい大きな鳥が羽を休めているようにも見えた。

おれに気づくと、手を止めてこちらに振り向いた。

「あ、ごはん届いた？　おなかぺこぺこだよ」

「ピザ二枚とチキンパイとポテト。今ぜんぶ食べるのか?」

「うん。漆谷さんもいっしょに食べよ」

ガラステーブルに料理を広げ、ふたりで手を合わせた。こどものように手と顔を油でべたべたにしながら、浮遊子は自分の食べたいものだけをほおばってゆく。

浮遊子との結婚を公式に発表してから、一ヶ月が経とうとしていた。式は挙げず手続きだけ済ませ、それぞれの事務所を通して「双方納得の上、本当に好きな人と結婚する」という旨の自筆メッセージを公開した。

初めの頃はさまざまな憶測を呼んだり、ニュースのコメント欄が荒れたり、浮遊子の事務所に嫌がらせの郵便物が届いたり、散々だった。けれど日が経つにつれ、話題にされることは徐々に少なくなっている。浮遊子の仕事も、小さなものからすこしずつ戻ってきているようだった。

今も同棲はせず、それぞれの家で暮らしている。引っ越しが面倒だったし、一緒に暮らす理由もとくにない。たまに休みが合う日、こうして浮遊子がこちらに泊まりに来るくらいだ。

くちくなるまで食事をして、飽きるほどセックスをして。ごっこ遊びみたいだ、とぼんやり思う。生活ごっこ。おれたちは、ふたりで人間の真似事をして生きている。

「ねえ漆谷さん、今日これから予定ある?」

「別にないけど」

「じゃあ、デートしよ。映画観にいこう」

驚いて浮遊子を見ると、彼女は笑った。

「なに、その顔。たまには夫婦らしいことしてみようよ」

「……いいよ。何が観たい？」

「なんでもいい。映画館に着いてから決めよう」

おれが食卓を片づけているあいだに、浮遊子は黒いロングスカートに着替え、色つきのコンタクトレンズを着けた。タクシーを呼んでから、マンションを出る。

車に乗りこむと、浮遊子は窓にべったりとはりついて外を眺めた。十月のひかりを浴びてあさく金色に照る欅《けやき》並木の下を、大勢のひとびとが歩いている。高級ブランドの路面店の硝子が陽を反射して、とおい海のようにひかる。

車に揺られているうち、頭の芯がほどけてゆるんできた。瞼が重く、欠伸《あくび》が止まらない。うとうとしていると、あ、とちいさく浮遊子が声をあげた。ぼんやり視線を向けると、石造りの大きな門が通りにひらいている。

「瞳介の通ってる大学だよ」

浮遊子の声がして、閉じかけた目をなんとかひらく。門が見えたのは一瞬だった。残像すら残らないほどの速度で過ぎてゆく。瞳介のいる場所が、みるまに遠ざかってゆく。

波が寄せては引くように、意識が睡気《ねむけ》ですこしずつ翳ってゆく。ぼやけた視界の端を、窓の外の街路樹が、万華鏡《まんげきょう》めいてきらきらとひかって流れてゆく。ひとも、車も、街も。すべてが一様に紋様となり、おれの目をひととき潤すと、あっというまに消えてゆく。

窓から射す陽はいよいよあかるい。眩い泥にも似た金の光にどっぷり浸されて涙が滲む。微睡《まどろ》みのきわで、まばたきをゆっくりとくりかえす。瞬間、幾百もの青が音もなくひらいた。足元に、咲いている。数えきれないほどたくさんの花菖蒲。瞳孔を射ぬく、あざやかな青藍色。ゆれて、

ゆれて、からみつく。足に、腿に、のびてくる。青い鎖。おれの首を絞め、浮遊子の腿を這い、車内いっぱいに傷口のような青を咲かせる。白昼夢だとわかっていてなお、目が逸らせない。過去のひかりに呪われながら、おれは虚構を生みつづける。架空の登場人物たちに手をつながせて。会話をさせて。愛しあわせて。憎みあわせて。

浮遊子だっておなじだ。芝居に生きて、芝居に死ぬ。からっぽの中身に、偽《にせ》の人生をつめこんで。いつわりの名前で呼んで、呼ばれて、息をして。

おれたちは、自分自身が永遠に得ることのできないものを、スクリーンの上に再現しつづける。目を閉じても、花の幻は消えなかった。それどころか、いよいよ烈しく、過剰に、かがやいている。瞼のうらのくらやみで、おれは目をこらす。

どうせすべて錯覚なら、美しいものだけみていたい。その果てに行きつく地獄の景色さえ、きっとおれの糧《かて》となる。

映画を作る、糧となる。

「映画館まであとどれくらい?」

浮遊子に訊かれ、「もうすこしだよ」とおれは答える。真っ白のひかりのなか、車は世界を奔りぬけてゆく。

アイリス

2023年5月19日　初 版

著 者
雛《ひな》倉《くら》さりえ

装 画
大山菜々子「Love Me Tender」(浜村治氏所蔵)

装 幀
鈴木久美

発 行 者
渋谷健太郎

発 行 所
株式会社東京創元社
〒162-0814 東京都新宿区新小川町1-5
03-3268-8231(代)
http://www.tsogen.co.jp

D T P
キャップス

印 刷
萩原印刷

製 本
加藤製本

ISBN978-4-488-02893-0　C0093